चिंता छोड़ें, सुख से जिएं

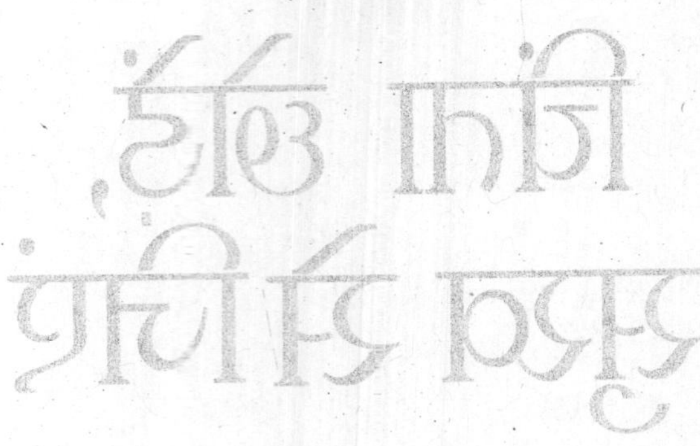

आज के समय की एक बड़ी भूल यह है कि मनुष्य का इलाज करने वाले डॉक्टर शरीर को मन से अलग समझते हैं।

–प्लेटो

वह समय आएगा, जबकि डॉक्टर मनुष्य के शरीर का इलाज करने की अपेक्षा उसके मन का इलाज करने का प्रयत्न करेंगे, तो फिर मन स्वयं शरीर को स्वस्थ करेगा।

–राल्फ़ वाल्डे टराइन

चिंता छोड़ें, सुख से जिएं

डॉ. सरूप सिंह मरवाहा

पुस्तक महल®

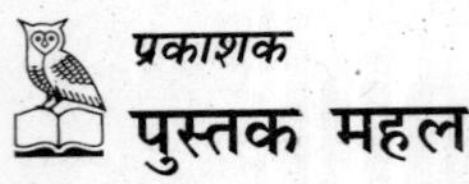

प्रकाशक

पुस्तक महल

प्रशासनिक कार्यालय एवं विक्रय केन्द्र

J-3/16, दरियागंज, नई दिल्ली-110002
☎ 23276539, 23272783, 23272784 • फैक्स: 011-23260518
E-mail: info@pustakmahal.com • Website: www.pustakmahal.com

शाखाएं
बंगलुरू: ☎ 080-2234025 • टेलीफैक्स: 080-22240209
E-mail: pustakmahalblr@gmail.com
मुंबई: ☎ 022-22010941, 022-22053387
E-mail: rapidex@bom5.vsnl.net.in
पटना: ☎ 0612-3294193 • टेलीफैक्स: 0612-2302719
E-mail: rapidexptn@rediffmail.com

ISBN 978-81-223-0089-5

संस्करण: 2015

मुद्रक : राधा ऑफसेट, दिल्ली

पुस्तक के बारे में

प्रसिद्ध चिकित्सक तथा मनोरोगों के विशेषज्ञ डॉ. सरूप सिंह मरवाहा ने लगभग 20 वर्ष की मेडिकल प्रैक्टिस के दौरान यह पाया कि उनके पास जितने भी रोगी आते हैं, उनमें से लगभग 50 प्रतिशत मानसिक रोगों से पीड़ित रहते हैं। इस पर दुनिया-भर में विशेषज्ञों ने समय-समय पर अनुसंधान किए और यह स्पष्ट सामने आया कि अपना इलाज करवाने वाले रोगियों में 100 में से 35 पूरी तरह या अधिकतर मानसिक रूप से पीड़ित हैं। यही नहीं, दिल की बीमारी वाले 100 में से 50 तथा पेट के रोगी 100 में से 80 पाए जाते हैं। अब देखिए कि इनके भी कारण मानसिक थे। औसनर क्लीनिक न्यू ऑरलिएन्ज़, अमरीका की एक रिपोर्ट के आंकड़ों में था कि अस्पताल में आए 500 पेट के रोगियों में 75 प्रतिशत चिन्ता रोग से ग्रस्त थे।

चिन्ता रोग दिन-प्रतिदिन बढ़ रहे हैं। आगे इनके और भी बढ़ते जाने की आशंका है। इसका कारण आज का भौतिकता से भरपूर उपभोक्ता संस्कृति वाला जीवन है। नई जीवन चर्या, उद्योग-धंधों, व्यापार-व्यवसाय और तेज़रफ्तारी ने जीने के तौर-तरीके ही बदल दिए हैं। आदमी प्रतिस्पर्धा यानी जबरदस्त होड़ में पड़ गया है। अपनी प्रतिष्ठा, पहचान और सामाजिक स्तर बनाए रखने के लिए वह बेतहाशा दौड़-धूप कर रहा है। ये सब मिलकर आदमी को मानसिक तनाव से ग्रस्त कर देते हैं और वह चिन्ता रोग से पीड़ित हो जाता है। यह आज बड़ी समस्या बन गई है।

चिन्ता का रोगी हमेशा डरा हुआ रहता है, पर उसे यह समझ में ही नहीं आता कि यह डर कैसा है। इसका कारण क्या है? ऐसे में किसी चिन्ता रोगी को कह दें कि उसे कोई बीमारी नहीं है, तो वह बुरी तरह घबरा जाएगा। उसे चिन्तामुक्त करने के लिए आवश्यक है कि उसके कष्टों के बारे में पूरी जानकारी दें। रोग का कारण जानकर उसे काफी आराम आ जाएगा। फिर उसे चिन्ता से मुक्त करने के उपाय सुझाए जाएं। उनपर विश्वास के साथ अमल करने पर वह पूरी तरह चिन्तामुक्त हो जाएगा। इस पुस्तक में डॉ. मरवाहा ने पहले चिन्ता के रोगियों के शारीरिक लक्षणों की पूरी जानकारी दी है, फिर उससे छुटकारा पाने के स्वर्णिम उपाय बताकर सारी समस्या का समाधान कर दिया है।

आगे आनंद और उल्लास से भरपूर सुखमय जीवन जीने का रास्ता बताते हुए चिन्ता रोगी की अधिक सहायता की है। शारीरिक तथा मानसिक तनाव को दूर करने की ठोस जानकारी दी है।

इस पुस्तक को धीरे-धीरे और धैर्य के साथ बड़े मनोयोग से पढ़ें। थोड़ा-सा पढ़कर रुक जाएं और उस पर विचार करें। इस पुस्तक में जो नियम दिए गए हैं, उन पर प्रतिदिन अमल करें। एक दिन आप पाएंगे कि सभी चिन्ताओं से मुक्त हो गए हैं। आपकी सारी हताशा, निराशा, घबराहट और डर आप से दूर भाग गए हैं। अब आप पूरी तरह से स्वस्थ हैं और जीवन में भरपूर सफलता प्राप्त कर सकते हैं।

आप देखेंगे कि घर-परिवार और बच्चों की चिन्ता आसानी से दूर हो गई है। काम-धंधे, नौकरी और रोज़गार की समस्याओं के कारण चिन्ता का निवारण भी हो गया है। समाज में अपनी पहचान और प्रतिष्ठा बनाने के प्रयास में भी आप सफल हो गए हैं। कैरियर और भविष्य के प्रति चिन्ता का हल भी आपने निकाल लिया है। अब आप उन्नति के शिखर पर पहुंचने के लिए पूरी तरह तैयार खड़े हैं।

तो आइए, इस पुस्तक को पढ़ें, इसके एक-एक स्वर्णिम उपाय को जीवन में अपना कर चिन्तामुक्त हो जाएं।

□

विषय सूची

चिन्ता इतनी बढ़ जाए कि वह शरीर को ही खाने लगे, तो वह अवांछनीय हो जाती है, क्योंकि फिर तो वह अपने ध्येय को ही हरा बैठती है।

–महात्मा गांधी

जिसकी चाह चली जाती है, उसकी चिन्ता मिट जाती है और मन निश्चिंत हो जाता है।

–कबीर

चिन्ता तो हृदय में आग की तरह लगी रहती है। इसका धुआं प्रकट नहीं होता। इसे या तो अपना हृदय ही जानता है, जिसके सिर पड़ी हो।

–रहीम

अधिक चिन्ता तो चिता के समान है। यह हर क्षण शरीर को जलाती है। इसलिए चिन्ता न करके हर स्थिति में धीरज धारण करना चाहिए।

–महात्मा विदुर

चिन्ता शरीर में आग बनकर बार-बार प्रकट होती रहती है, पर यह अपना धुआं प्रकट नहीं करती। इससे हृदय भीतर-ही-भीतर धुंआता रहता है।

–गिरधरदास

अगर इंसान सुख-दुख की चिन्ता से ऊपर उठ जाए, तो आसमान की ऊंचाई भी उसके पैरों तले आ जाए।

–शेख़ सादी

मुझे निश्चय है कि चिन्ता जीवन की शत्रु है।

–शेक्सपियर

चिन्ता रोग की जड़ है।

–प्रेमचंद

1

चिन्ता: आपकी सबसे बड़ी शत्रु

चिन्ता मनुष्य के स्वास्थ्य, सुख तथा सफलता की सबसे शक्तिशाली शत्रु है। चिन्ता आधुनिक औद्योगिक युग के जीवन का एक अंग बन चुकी है। यह अत्यन्त हानिकारक आदत मनुष्य ने सभ्यता के विकास के साथ अपने गले डाल ली है। सभ्यता का उदय होने से पूर्व मानवीय जीवन में चिन्ता का स्थान बहुत कम था। वनों तथा कंदराओं में रहने वाला आदि मानव 'चिन्ता' से अपरिचित था। वह प्राय: प्रसन्न तथा स्वतंत्र रहता था। यदि आदि मानव को चिन्ता करने की घातक आदत होती तो सच मानिए कि आज तक मानव ज़ाति धरती से लुप्त हो चुकी होती। परन्तु आपको चिन्ता करने की आदत है तब भी हिम्मत हारने की जरूरत नहीं, क्योंकि अन्य आदतों की तरह चिन्ता करने की आदत को निरन्तर प्रयत्न करने से बदला जा सकता है।

चिन्ता आजकल के उलझन भरे जीवन का कुफल है। इसके कारण प्रत्येक व्यक्ति के जीवन में अनेक प्रकार की कठिनाइयां तथा समस्याएं उत्पन्न हो गई हैं। परन्तु चिन्ता करना किसी कठिनाई अथवा समस्या का हल नहीं है। इससे कठिनाइयां कम होने के बजाय बढ़ती जाती हैं, घटती नहीं।

आधुनिक समय में व्यक्ति की सफलता उसके निजी बल, साहस और प्रयत्नों से कहीं अधिक उन शक्तियों पर निर्भर करती है जो वर्तमान सभ्यता की प्रगति के साथ उत्पन्न हो रही हैं। आज जीवन का प्रत्येक कार्य इतना जटिल बन चुका है कि एक व्यक्ति अपना कोई काम स्वयं अकेले नहीं कर सकता है। आज व्यक्ति क्या जीविकोपार्जन करेगा, कैसे करेगा, कैसे अपनी भोजन, वस्त्र और आवास की आवश्यकताएं पूरी करेगा, यह उसकी अपनी शक्ति पर निर्भर नहीं है। यह सब उस सामाजिक तथा आर्थिक व्यवस्था पर

निर्भर है जिसका वह एक सदस्य मात्र है। इस प्रकार आज के युग में व्यक्ति का जीवन सामाजिक, आर्थिक और राजनैतिक संस्थाओं तथा शक्तियों से संचालित होता है। अतः उसे अपने जीवन के लिए इन संस्थाओं और उनके कर्मचारियों आदि के सहयोग पर निर्भर होना पड़ता है। उदाहरण के लिए आज आप प्रकाश, गर्मी, जल आदि की मूल आवश्यकताओं के लिए सरकारी या गैरसरकारी विद्युत विभाग तथा जल आपूर्ति विभाग के कर्मचारियों पर आश्रित हैं। यदि इन विभागों के कर्मचारी हड़ताल पर चले जाएं तो आपको जीवन की इन मूल आवश्यकताओं बिजली-पानी के लिए भी तरसना पड़ जाए। इस प्रकार आज के व्यक्ति का जीवन पूरी तरह दूसरों पर निर्भर है। यह परनिर्भरता व्यक्ति के मन में चिन्ताओं को जन्म देती है। नवीन सभ्यता ने इस भांति जहां हमें अनेक प्रकार की सुख-सुविधाएं प्रदान की हैं, वहीं रक्त चूसने वाली चिन्ता भी दी है। चिन्ता हमारे जीवन के प्रत्येक पक्ष पर अपना आघात करती है। इसके परिणामस्वरूप हमारे पारिवारिक, सामाजिक और व्यावसायिक संबंध बिगड़ जाते हैं। आधुनिक सभ्यता और चिन्ता का आपस में चोली दामन का साथ है। वर्तमान सभ्यता के साथ-साथ चिन्ताएं भी बढ़ती जा रही हैं। अंतर केवल यह है कि सभ्यता आगे रहती है और चिन्ताएं उसके पीछे। आज की सभ्यता मूल रूप से पूंजी पर आश्रित औद्योगिक और उपभोगितावादी सभ्यता है। यह लोगों की आवश्यकताओं को अधिक से अधिक बढ़ाने तथा मानव जीवन में अधिकतम सुख-सुविधा तथा विलास की सामग्री जुटाने में विश्वास रखती है। यह तथ्य मनोविज्ञान की साधारण जानकारी रखने वाला प्रत्येक व्यक्ति जानता है कि व्यक्ति की आवश्यकताएं जितनी बढ़ती जाएंगी, जितना वह आरामतलब और विलासी होता जाएगा, उतनी ही उसकी चिन्ताएं बढ़ती जाएंगी।

चिन्ता करना प्राकृतिक अथवा स्वाभाविक नहीं, मनुष्य स्वयं चिन्ता करने की आदत को पालता-पोसता रहता है और यह, वह अपने माता-पिता, परिवार के बड़े सदस्यों, अध्यापकों तथा अपने से बड़े और अच्छे समझे जाने वाले साथियों से सीखता है। चिन्ता करना एक घातक तथा विनाशकारी आदत है जिसे व्यक्ति अनजाने में सीख लेता है। यह एक खर्चीली आदत है। यदि आप यह जानना चाहें कि यह कितनी खर्चीली आदत है, तो चिन्ता करके रोगी बन गए लोगों के उन बिलों को देखिए जो वे अपनी चिकित्सा पर खर्च करते हैं।

चिन्ता का हानिकारक प्रभाव देखना हो तो उन सुनहरे अवसरों को देखिए जो चिन्ता करने वाला व्यक्ति अपनी चिन्ताओं के कारण छोड़ बैठता है। चिन्ता के कारण व्यक्ति के संबंध परिवार के सदस्यों, पड़ोसियों और संबंधियों से बिगड़ जाते हैं। इसके परिणामस्वरूप चिन्ता करने वाले का निजी जीवन कटुता से भर उठता है। सबसे महत्त्वपूर्ण तथ्य तो यह है कि जिस समय व्यक्ति को अपनी संपूर्ण शारीरिक और मानसिक शक्तियों की आवश्यकता होती है उस समय वह चिन्ता के मारे कर्महीन बना बैठा रहता है। उचित तो यह है कि जितनी अधिक कठिनाइयां हों, व्यक्ति को उतनी ही कम चिन्ता करनी चाहिए ताकि वह उन कठिनाइयों का उचित रूप में सामना कर सके।

चिन्ताओं को जन्म देने की परिस्थितियां वर्तमान औद्योगिक-पूंजीवादी सभ्यता ने उत्पन्न की है। अतः चिन्ताओं को दूर करने के दो ही उपाय हैं – प्रथम इस सभ्यता को बदल दिया जाए अथवा हम स्वयं नयी परिस्थितियों के अनुसार अपने को बना लें। जहां तक सभ्यता को बदलने का प्रश्न है, वह हमारे चाहने पर भी बदल नहीं सकती, लेकिन हम अपने को बदल सकते हैं। वही एक उपाय है जिसको अपना कर हम चिन्ताओं से मुक्त हो सकते हैं।

कुछ लोग यह समझते हैं कि अपने आपको परिस्थितियों के अनुसार ढाल लेना कमजोर होने का चिह्न है, परंतु यह धारणा गलत है। वास्तविकता इसके विपरीत है। परिस्थितियों से लड़ने के बजाय अपने को उनके अनुसार बनाने के लिए कहीं अधिक बुद्धिमानी, संयम और कुशलता की आवश्यकता पड़ती है। उदाहरण के लिए एक बुद्धिमान तथा साहसी सेनापति युद्ध में शत्रु सेना को अधिक शक्तिशाली पाने पर अपनी सेना को पीछे हटा लेता है। वह प्रतिक्षण बदलती हुई नई परिस्थितियों पर पूर्ण दृष्टि रखता है और युद्ध क्षेत्र की नई आवश्यकताओं के अनुसार अपनी सेना की व्यूह रचना एवं युद्ध करने के तरीके में भी परिवर्तन करता रहता है।

अतः हमें भी जीवन की बदलती हुई परिस्थितियों के अनुसार अपने व्यक्तित्व में परिवर्तन करते रहना चाहिए और समय तथा अवसर की परिवर्तित होती आवश्यकताओं के अनुरूप अपने को ढालते जाना चाहिए। तथापि जीवन को एक युद्ध समझने की बजाय खेल का मैदान मानना अधिक उचित है। यह एक ऐसा खेल है जिसे हमें आपस में मिल-जुल कर एक टीम भावना से एक अच्छे खिलाड़ी की तरह साझा आनंद पाने के लिए खेलना है। जीवन को खेल की भावना से जीना एक अत्यन्त उपयोगी और महत्त्वपूर्ण कला है,

एक ऐसी कला जो हमें चिन्ता करने की आदत से छुटकारा दिला कर हमारा सारा ध्यान जीवन रूपी खेल को अधिक से अधिक कुशलता से खेलने की प्रेरणा देती है।

जीवन को आप चिन्ताओं से भरी कष्टदायक, भारी गठरी का बोझ ढोते हुए भी जी सकते हैं और प्रसन्नता, स्फूर्ति तथा उत्साह से भरे एक खिलाड़ी की तरह भी, अब इसका चुनाव करना आपके हाथ में है।

याद रखिए अगर आप जीवन रूपी खेल की दौड़ में सफल होना चाहते हैं तो आपको चिन्ताओं की कष्टदायक भारी गठरी का बोझ अपने सिर से उतारना ही होगा। आपका स्वास्थ्य, आपका सुख और आपकी सफलता चिन्ता के भार से मुक्त होने पर ही संभव है।

अध्याय एक की स्मरण रखने योग्य बातें

- चिन्ता आधुनिक औद्योगिक युग की एक देन है।
- वर्तमान सभ्यता के विकास के साथ चिन्ता का भी विकास हुआ है।
- चिन्ता करना एक हानिकारक आदत है। इससे व्यक्ति को शारीरिक, मानसिक, आर्थिक और सामाजिक अर्थात् हर प्रकार की हानि होती है।
- चिन्ता से बिना मुक्त हुए हम स्वास्थ्य, सुख तथा सफलता प्राप्त नहीं कर सकते।
- चिन्ता से मुक्त होने के लिए हमें बदलती हुई परिस्थितियों के अनुसार अपने आपको ढालना चाहिए।

❑❑❑

2

वातावरण और चिन्ता करने की आदत

चिन्ता रोग की चिकित्सा करने के लिए यह जानना आवश्यक है कि उसके कारण क्या है? जब हम किसी चिन्तित व्यक्ति की मानसिक स्थिति का अध्ययन करते हैं तो यह ज्ञात होता है कि उसके लगभग सभी कष्टों और दुखों का कारण चिन्ता करने की आदत होती है। उसमें कोई विशेष शारीरिक या मस्तिष्क संबंधी कमजोरी नहीं होती। उसमें तथा एक साधारण व्यक्ति में केवल यह अंतर होता है कि चिन्ता करने वाला दूसरे व्यक्तियों की तुलना में अधिक भावुक और संवेदनशील होता है। वह अनजाने ही चिन्ता करने की आदत सीख लेता है।

मनोवैज्ञानिकों ने अनेक प्रयोगों को करने के बाद यह निष्कर्ष निकाला है कि यदि किसी भी चिन्ता से मुक्त रहने वाले व्यक्ति को ऐसे वातावरण तथा लोगों के साथ रख दिया जाय जिन्हें चिन्तित रहने की आदत हो तो कुछ महीनों बाद वह व्यक्ति भी चिन्ता करने की आदत सीख जाता है। यह आदत तीव्रता से बढ़ती जाती है और कुछ समय बाद उस व्यक्ति का सारा ध्यान दिन-रात अपनी चिन्ताओं में ही लगा रहता है। इसका प्रभाव यह होता है कि उस व्यक्ति के अन्दर हानिकारक भावावेग (Harmful Emotions) उत्पन्न होने लगते हैं।

हानिकारक भावावेग के कारण उस व्यक्ति में कुछ बीमारियों के शारीरिक लक्षण उत्पन्न होना प्रारंभ हो जाते हैं। इनसे दुखी होकर वह अपना इलाज कराने के लिए डाक्टरों के पास भागा जाता है।

प्राय: अधिकांश लोग यह नहीं जानते कि हानिकारक भावावेगों का स्वास्थ्य पर खराब प्रभाव पड़ता है और अच्छे भावावेगों का अच्छा प्रभाव पड़ता है। लेकिन डाक्टरों को इस मनोवैज्ञानिक तथ्य की जानकारी होती है। डा. डनबार ने अपनी प्रसिद्ध पुस्तक 'भावावेग तथा शारीरिक परिवर्तन' (Emotion & Bodily Changes) में लिखा है –"शरीर का ऐसा कोई अंग नहीं जिस पर भावावेगों का प्रभाव न पड़ता हो।"

सभी मनोवैज्ञानिक इस बात से सहमत हैं कि चिन्ता एक मनोवैज्ञानिक समस्या है। मनोवैज्ञानिक समस्याएं जीवन के अनुभवों से उत्पन्न होती हैं। दूसरे शब्दों में हम कह सकते हैं कि अन्य बातों की तरह ही चिन्ता करने की आदत अपने माता-पिता, अध्यापक तथा साथियों-संगियों से सीखी जाती है। वास्तव में चिन्ता रोग से ग्रस्त व्यक्ति चिन्ता करने की आदत अनजाने में सीख लेता है लेकिन वह यह नहीं जान पाता कि उसने यह भयानक आदत स्वयं ही सीखी है। यहां यह जान लेना आवश्यक है कि किसी भी बात, कार्य या आदत को सीखने के लिए यह आवश्यक नहीं कि उसे सीखने का हमारा मन हो या हम उसे सीखने का प्रयत्न करें। मनोवैज्ञानिकों के अनुसार यदि हम किसी कार्य को कुछ समय तक एक ही तरीके से बार-बार करते रहें तो उसे करना सीख जाते हैं और उसे करने की आदत पड़ जाती है। ऐसी अनेक आदतें हैं जो हम इसी प्रकार सीखते हैं। उदाहरण के लिए जब कोई बच्चा बार-बार अपने से बड़ों को किसी व्यक्ति की निन्दा करते और उन्हें उसमें रुचि तथा उत्साह लेते हुए देखता या सुनता है तो वह भी उस व्यक्ति की निन्दा करने लगता है। कुछ समय बाद बच्चे में उस व्यक्ति की निन्दा करने की आदत पड़ जाती है फिर चाहे निन्दा करने का कोई कारण हो या न हो, बस उसे कोई बहाना चाहिए।

इससे यह सिद्ध होता है कि जिस कार्य या बात को हम बार-बार करेंगे, उसे हम सीख जाएंगे, चाहे उसको सीखने का हम प्रयत्न करें या न करें। प्रोफेसर एस. वुडवर्थ लिखते हैं,"किसी कार्य को बार-बार करने से हम उस कार्य को करना सीख जाते हैं।"

इसी प्रकार प्रत्येक सीखा हुआ कार्य भुलाया भी जा सकता है। जिस कार्य को हम लंबी अवधि तक नहीं करते, उसे करना भूल जाते हैं। यहां तक कि जब व्यक्ति बहुत समय तक अपनी मातृभाषा नहीं बोलता और उसके

स्थान पर अन्य भाषा में विचार करने और उन्हें प्रकट करने लगता है तो अपनी मातृ-भाषा भी वह भूल जाता है। इन तथ्यों से सिद्ध होता है-

- चिन्ता एक मनोवैज्ञानिक तथ्य है।
- चिन्ता करना व्यक्ति दूसरों से अथवा अपने वातावरण से सीख लेता है।
- किसी भी कार्य को सीखने के लिए अभ्यास की आवश्यकता होती है।
- प्रत्येक सीखी हुई चीज भी भूली जा सकती है। इसके लिए यह आवश्यक है कि सीखी हुई चीज/कार्य को करना छोड़ दिया जाए।
- यदि किसी बात या कार्य का अभ्यास करते रहें तो वह भूलती नहीं और यदि अभ्यास छोड़ दिया जाय तो वह भूल जाता है।
- जिन कार्यों या चीजों की हमें आदत पड़ जाती है उन्हें छोड़ने के लिए हमें पूरी जागरूकता से प्रयत्न करने पड़ते हैं और लंबे अर्से तक प्रयत्न करते रहने से वे पूरी तरह छूट जाती हैं। अत: यदि चिन्ता रोग से पीड़ित व्यक्ति चिन्ता करने की आदत को छोड़ने की बार-बार कोशिश करे तो वह कुछ समय के अभ्यास से उस आदत से पूरी तरह छुटकारा पा सकता है।

चिन्ता करने का अभ्यास और आदत

चिन्तित रहने वाले व्यक्ति के रहन-सहन और विचार करने की रीति पर ध्यान देने से ज्ञात होता है कि उसे दो स्रोतों से चिन्ता करने का अभ्यास होता है: प्रथम स्रोत है उसका वस्तु, व्यक्ति, स्थान और परिस्थितियों को देखने का दृष्टिकोण। उसका यह दृष्टिकोण सदैव निराशा तथा दुख से भरा होता है। दूसरा स्रोत है उसके मन में बैठा हुआ भय।

निराशावादी दृष्टिकोण और भय के कारण ऐसे व्यक्ति के मस्तिष्क में हमेशा खराब विचार पैदा होते रहते हैं। उसका हर विचार भय, परेशानी, चिन्ता और दुख से भरा रहता है। अच्छे विचार उसे कभी नहीं आते। उसको प्रत्येक काम में असफलता और चारों तरफ अंधकार ही फैला प्रतीत होता है। सूर्य की सुखद-सुनहरी किरणें भी उसे ऐसी लगती हैं मानो उसके शरीर को जला देंगी तथा अपनी गर्मी से मार देंगी। बादलों के गर्जने पर उसे लगता है कि बिजली उस पर और उसके परिवार पर गिर कर सबको परलोक पहुंचा देगी। फूलों की मंद-मंद सुगंध में उसे 'हे फीवर'* (Hay-Fever) नज़र आता है।

---

* *हे फीवर एक तरह का बुखार होता है जो अनेक लोगों को फूलों को सूंघने से हो जाता है। इससे मुंह और आंखें भी सूज जाती हैं तथा छींकें आने लगती हैं।*

बस में बैठते ही उसे अपने किसी रिश्तेदार की बस दुर्घटना में हुई मौत याद आ जाती है। उसके हाथ-पांव ठंडे होने लगते हैं। घर में बिजली लगवाते समय उसे बिजली की आग से भस्म हो जाने वाले घरों की दुर्घटनाएं स्मरण आने लगती हैं। इस तरह वह दिन में सौ बार मरता है।

चिन्ता करने की आदत से पीड़ित व्यक्ति यदि भोजन में दो टमाटर अधिक खा जाये तो उसे ऐसा लगता है जैसे उसका पेट वायु से भर गया हो। अगर उसे एक वक्त भोजन नहीं मिले तो उसे अपने शरीर में कमजोरी महसूस होने लगती है। सदैव वह हानिकारक बुरे विचारों के चक्र में फंसा रहता है। एक स्वस्थ व्यक्ति को जहां सफलता के दर्शन होते हैं वहीं उसे असफलता दिखाई देती है। यह सब लिखने का मुख्य भाव यह है कि चिन्तावान व्यक्ति को कभी आनन्ददायक विचार नहीं आते, क्योंकि उसका दृष्टिकोण आसावादी नहीं होता।

वास्तव में हर समय हानिकारक बुरे विचारों को सोचना उसका अभ्यास करना है। चिन्तावान यह अभ्यास दिन में कई-कई घंटे तक करता रहता है। बहुत समय तक ऐसा अभ्यास करते रहने के कारण उसे इसकी आदत पड़ जाती है और वह चिन्ता करने में बहुत निपुण हो जाता है। अत: वह शेष सभी कार्य छोड़ कर चिन्ता करने में लगा रहता है।

ड्राईडन (Drydon) के कथनानुसार, "हम पहले अपनी आदतें बनाते हैं, उसके बाद हमारी आदतें हमारे जीवन को बनाती हैं।" इसी विषय में गोथे (Goethe) का मत है कि "जो बातें हम कहते और सुनते रहते हैं, अंत में वे विश्वास में बदल जाती हैं।"

आदत के बारे में होरेस मान लिखते हैं, "आदत एक रस्सी की भांति है जिसका एक-एक धागा हम प्रतिदिन बुनते हैं और अंत में वह इतनी मजबूत हो जाती है कि हम उसको तोड़ नहीं सकते।"

चिन्ता से पीड़ित व्यक्ति की हर बात से निराशा और दुख झलकता है। उसकी बातों को सुनने वालों के दिलों पर उसके दुख का गहरा प्रभाव पड़ता है और वे उसके साथ हमदर्दी जताते हैं। चिन्तित व्यक्ति चाहता है 'दूसरों की हमदर्दी पाना' लेकिन उसके अपने स्वास्थ्य पर इन बातों का बहुत हानिकारक प्रभाव पड़ता है। यहां यह उल्लेख करना महत्त्वपूर्ण है कि किसी बात के सीखने की सभी विधियों में से सबसे अधिक सफल विधि यह है कि उस बात को बार-बार बोला या दोहराय जाए। बच्चा पढ़ना-लिखना तभी सीखता है

जब अपने पाठ को बार-बार बोलता, दोहराता तथा लिखता है। अतः चिन्ता ग्रस्त व्यक्ति जितनी अधिक चिन्ता भरी बातें करता है उतना ही चिन्तातुर रहने का अभ्यस्त होता जाता है।

हर समय बुरे और चिन्ता भरे विचारों को करते रहने के कारण दो कुफल होते हैं - पहला यह कि मनुष्य आवेगजन्य* रोगों का शिकार हो जाता है। दूसरा मनुष्य के मनोमस्तिष्क की बातों को भूलने की प्रक्रिया उसे कोई लाभ नहीं पहुंचा पाती, क्योंकि हर समय किसी न किसी प्रकार की चिन्ता करते रहने से उसे अपना प्रभाव डालने का अवसर ही नहीं मिल पाता।

चिन्ताग्रस्त व्यक्ति के सामान्य लक्षण

चिन्ता से ग्रस्त रहने वाले व्यक्तियों के सामान्य मनोवैज्ञानिक लक्षण निम्नलिखित हैं:

- वह अपने आपको बहुत दुखी और हताश अनुभव करता है।
- वह बहुत बुजदिल होता है विशेष रूप से उस समय जब उसका सामना बाहर के लोगों से होता है। वह अकारण भय अनुभव करता है। उसके अंतर्मन में सदा घबराहट रहती है और इसके कारण वह अपने जीवन में पूर्ण सफलता नहीं प्राप्त कर पाता।
- उसको न अपने पर विश्वास होता है और न दूसरों पर । वह प्रत्येक व्यक्ति को संदेह की नज़र से देखता है। वह स्वयं अपनी चिन्ता दूर करने का प्रयत्न नहीं कर पाता, क्योंकि उसको अपनी शक्तियों पर विश्वास नहीं होता। यदि अन्य व्यक्ति उसको चिन्ता से मुक्त करने का प्रयत्न करता है तो उसे वह शक की निगाहों से देखने लगता है। उसके मन में यह विश्वास जम जाता है कि दूसरे व्यक्ति अपनी चिन्ताएं दूर कर सकते हैं पर वह नहीं कर सकता। परिस्थितियां चाहे कितनी ही अच्छी और अनुकूल क्यों न हों, उसको अपने सामने पराजय और विनाश ही दिखाई देता है।
- उसका स्वभाव एक सामान्य व्यक्ति की तुलना में चिड़चिड़ा गुस्सैल और रुदन भरा होता है। उसको दिन में कई बार गुस्सा आता है। वह अपने गुस्से को रोकने का प्रयत्न तो बहुत करता है परन्तु इसमें सफल नहीं हो

** आवेगजन्य रोग उसे कहते हैं जो भय, शोक, दुख तथा चिन्ताएं करते रहने के कारण उत्पन्न होते हैं।*

पाता। उसके साथ दूसरों का रहना बहुत कठिन होता है पर वह इसे नहीं मानता।

- वह बहुत संवेदनशील और संकोची व्यक्ति होता है। ज़रा-ज़रा सी बात उसके मानसिक संतुलन को बिगाड़ देती है। वह अपने आपको कोसता रहता है और अपने जीवन को दुखदायी बना लेता है।
- वह सदैव निराशा भरी बातों में मग्न रहता है। अनेक मनोवैज्ञानिक यह कहते हैं कि चिन्तावान व्यक्ति अपनी निराशा भरी बातों में एक प्रकार का सुख अनुभव करने लगता है क्योंकि किसी कार्य में कोई व्यक्ति तभी मग्न रहता है जब उसमें उसे सुख मिलता हो। परंतु चिन्ता का अभ्यस्त व्यक्ति ऐसा नहीं सोचता। वह निराशा और दुख भरे विचारों से छुटकारा पाकर अच्छे विचार मन में लाना चाहता है। इसके लिए वह प्रयत्न भी करता है पर चिन्ता करने की आदत के कारण सफल नहीं हो पाता।
- उसकी स्मरणशक्ति कमजोर हो जाती है। उसे जो कार्य करने होते हैं उन्हें वह अपनी चिन्ता में मग्न रहने के कारण भूल जाता है।

चिन्ता से मनुष्य की स्मरण शक्ति कैसे कमजोर हो जाती है, इस विषय में हम नेपोलियन हिल की एक पुस्तक "द लॉ ऑफ सक्सेज" (The Law of Success) से एक केस उद्धृत कर रहे हैं।

"मेरी आयु इस समय 50 वर्ष है। दस-बारह वर्षों से मैं एक बहुत बड़े कारखाने का मैनेजर हूं। पहले मेरा काम बहुत सुगम था परन्तु कुछ समय बाद कारखाने की प्रगति के कारण मेरा काम पहले से बहुत बढ़ गया। मेरी जिम्मेवारियां भी बढ़ गईं, मेरे विभाग के बहुत से युवक शीघ्रता, चुस्ती और मेहनत से कार्य करने लगे। उनमें से एक नवयुवक मेरी प्रतियोगिता में आ खड़ा हुआ और मेरे पद को पाने का प्रयत्न करने लगा। इसका मेरे मन पर बहुत बुरा प्रभाव पड़ा और मुझे इस बात की चिन्ता लग गई कि कहीं मेरा पद मुझसे छिन न जाये।

"कुछ समय पश्चात् मैंने अनुभव किया कि मेरा मन अपने कार्य में नहीं लगता। बहुत से कार्यों को करना मैं भूल जाता हूं। कई बार मैं अपने कार्य में बहुत अधिक गलतियां कर जाता। एक बार मैं अपने हिसाब-किताब में बहुत बड़ी गलती कर गया, जिसको मेरे एक क्लर्क ने पकड़ लिया तथा उसकी खबर बड़े मैनेजर को कर दी।

"मैं अब ऐसा अनुभव करने लगा जैसे कि मुझमें शारीरिक और मानसिक रूप में कार्य करने की शक्ति ही न बची हो। मैं अपने कार्यों में बहुत लापरवाह हो गया ......।"

इस प्रकार के उपर्युक्त लक्षण हर उस व्यक्ति में मिलते हैं जो चिन्ता रूपी रोग से ग्रस्त हो जाता है।

- चिन्तावान तुरन्त निर्णय नहीं ले पाता। वह प्रत्येक कार्य को करने के लिए दूसरों की सलाह लेने में लगा रहता है।
- उसे ऐसा लगता रहता है जैसे हर कार्य में विलम्ब हो रहा है। अत: वह सदैव जल्दबाजी में रहता है।
- उसकी अपने काम-काज, परिवार, आस-पड़ोस और मित्रों में रुचि कम हो जाती है।
- वह अपने आपको सुरक्षित अनुभव नहीं करता।
- उसके मन में हीनता (Inferiority Complex) का भाव आ जाता है।

ये कुछ सामान्य लक्षण प्राय: प्रत्येक चिन्ता रोग से ग्रस्त व्यक्ति में पाये जाते हैं। लेकिन यह आवश्यक नहीं कि सभी लक्षण प्रत्येक चिन्तावान में हों। प्रत्येक व्यक्ति में वे भिन्न-भिन्न हो सकते हैं।

वास्तव में प्राय: लोग चिन्ता करने की आदत को एक रोग के रूप में नहीं मानते। अत: चिन्ता करने का अभ्यस्त व्यक्ति चाहे कितना दुखी रहे, वह डाक्टर या मनोचिकित्सक की सलाह नहीं लेता। परन्तु ज़ब चिन्ता के कारण उसे कोई शारीरिक कष्ट या रोग हो जाता है तभी वह उसके इलाज के लिए डाक्टर के पास जाता है।

चिन्ता रोग के शारीरिक लक्षण

चिन्ता करने की आदत लग जाना एक मानसिक व्याधि है। इस व्याधि से पीड़ित व्यक्तियों में निम्नलिखित शारीरिक लक्षण पाये जाते हैं:

हृदय की धड़कन बढ़ जाना: चिन्तावान को यह कष्ट आमतौर पर रहता है। जब भी कोई ऐसी बात हो जाती है जो भय उत्पन्न करे अथवा कोई बुरी खबर सुनने को मिले, उसका हृदय जोरों से धड़कने लगता है। इससे वह बहुत चिन्तित हो जाता है।

डा. आर. पी. मल्होत्रा, हृदय विशेषज्ञ ने मुझे बताया कि उनके पास दिल की बीमारियों का इलाज करने के लिए जो लोग आते हैं, उनमें से 50 से 60

प्रतिशत मरीजों को वास्तव में दिल की कोई बीमारी नहीं होती। उनको दिल की धड़कन, दिल का घबराना, सीने पर भार या दर्द का जो अनुभव होता है उसका कारण भय तथा चिन्ता होती है। अंग्रेजी में इस रोग को 'कार्डिअक-न्यूरोसिस (Cardiac Neurosis) कहते हैं।

मैंने भी अपनी निजी प्रैक्टिस में देखा है कि जिन निरोग दिल वाले मरीजों को दिल के अधिक धड़कने की बीमारी हो जाती है उसका कारण 90 प्रतिशत मरीजों में भय तथा चिन्ता से पीड़ित होना होता है।

चक्कर आना: अभी तक मनोवैज्ञानिक सिर में चक्कर आने का सही-सही कारण पता नहीं लगा सके हैं। समझा जाता है कि मस्तिष्क की ओर रक्त का प्रवाह कम होने के कारण ऐसा होता है। भय, चिन्ता या अन्य हानिकारक मनोवेगों से मस्तिष्क की नाड़ियां सिकुड़ जाती हैं जिससे उस ओर रक्त की कम मात्रा जाती है और चक्कर आने लगते हैं।

पेट में वायु या हिचकियां आना: बहुत से लोग पेट में वायु बनने या हिचकियां आने की शिकायतें करते रहते हैं। अधिकांश व्यक्ति यह कहते हुए सुने जाते हैं, "जो खुराक मैं खाता हूं, उसकी गैस बन जाती है। इससे मुझे कई तरह की तकलीफें हो जाती हैं।"

इस विषय में सही बात यह है कि पेट में खाने वाली चीजों से कोई हवा नहीं बनती। हमारे पेट में जो हवा होती है, वह हमारे खाने पीने के समय खुराक के साथ अंदर जाती है। जब हम थूक अंदर निगलते हैं, उसके साथ भी कुछ हवा पेट में चली जाती है।

पेट में गैस बनने के संबंध में वास्तविकता यह है कि भय, चिन्ता, क्रोध आदि हानिकारक मनोवेगों के कारण छोटी अंतड़ियों का ऊपरी भाग सिकुड़ कर अपना कार्य करना बंद कर देता है। यह रुकावट कुछ मिनटों से लेकर कुछ घंटों तक बनी रह सकती है। इससे आंतों के आगे का मार्ग बंद हो जाता है। जब पतली खुराक और वायु (हवा) उस भाग में पहुंचती है तो आगे का मार्ग बंद हो जाने के कारण वहीं रुक जाती है। इनके जोर से हमारी अंतड़ियां और पेट फूल जाता है। जब अंतड़ियां सिकुड़नी बंद हो जाती हैं तो रास्ता खुल जाता है। इसके कारण हवा और खुराक एक प्रकार का शब्द करती हुई आगे निकल जाती है।

अमरीका के एक प्रसिद्ध डाक्टर सिंडलर अपनी अत्यधिक प्रसिद्ध पुस्तक 'वर्ष के 365 दिन, जीने के ढंग' में लिखते हैं-

"हम अपने चिन्तारोग से ग्रस्त मरीजों को पेट की फोटो दिखा कर समझाते हैं कि चिन्ता करने से पेट पर कितना बुरा प्रभाव पड़ता है।"

एक आदमी के पेट का 'एक्स रे' उस समय लिया गया ज़ब उसके पेट का आपरेशन शुरू होने लगा था। उस समय डाक्टर ने पूछा, "क्यों भाई! तुम्हारा क्या हाल है?"

"मैं बिलकुल ठीक हूं।", मरीज ने उत्तर दिया।

जब डाक्टर ने मरीज का पेट खोल दिया और उसकी अंतड़ियां बाहर दिखाई देने लगीं, उसके पेट का एक दूसरा 'एक्स रे' लिया गया। डाक्टर ने उससे पुनः पूछा, "क्या तुम्हारा कभी पुलिस के साथ झगड़ा हुआ है?"

डाक्टर को पहले से पता था कि इस आदमी ने पुलिस का मुकाबला किया था। उसको यह भी ज्ञान था कि जब इसे अस्पताल से छुट्टी मिलेगी, पुलिस पकड़ कर ले जाएगी।

डाक्टर का प्रश्न सुनते ही मरीज की अंतड़ियां सिकुड़ने लगीं और पेट गुब्बारे की तरह फूलना शुरू कर दिया।

डाक्टर ने पूछा, "अब तुम्हारा क्या हाल है?"

मरीज ने जवाब दिया, "बिलकुल अच्छा नहीं है। पेट फूल गया है।"

अनेक स्त्री-पुरुषों को अत्यधिक चिन्ता के कारण हिचकियां आने लगती हैं। डाक्टर सिंडलर एक ऐसे केस के विषय में लिखते हैं, "एक जमींदार ने अपने मित्र के कहने पर जमीन बेंच कर डबल रोटी बनाने का धंधा शुरू कर दिया। उसका विचार था कि इस धंधे में बहुत लाभ मिलेगा। यह जमींदार बेचारा थोड़ा ही पढ़ा-लिखा था। उसे हिसाब-किताब ठीक से रखना भी नहीं आता था। इसके अतिरिक्त इस नये काम का उसे बिलकुल अनुभव नहीं था। इन कारणों के फलस्वरूप थोड़े ही समय बाद उसके सामने कई मुश्किलें आ खड़ी हुईं। इससे उसे लाभ की बजाय हानि होनी शुरू हो गई और चिन्ताओं ने उसे घेर लिया। उसे हिचकियां आनी शुरू हो गईं।

उसे हर आधे मिनट बाद हिचकी आती थी। दिन-रात वह बेचारा इसी मुसीबत में फंसा रहता। वह चाहे घर में रहे या बाहर, हिचकियां उसका पीछा न छोड़तीं। इस तकलीफ से सात दिनों तक परेशान रहने के बाद वह मेरे पास आया। मेरे विचार में तो इसका एक ही इलाज था कि वह अपनी डबल रोटी बनाने वाली बेकरी को बेच दे। जब मैंने यह बात उससे कही तो वह हंस पड़ा। आप यह जान कर हैरान होंगे कि बेकरी बेचने के बारह घंटे बाद ही उसकी हिचकियां अपने आप बंद हो गईं और वह स्वस्थ हो गया।

पेट दर्द: बराबर चिन्ता करते रहने से पेट दर्द भी हो सकता है। चिन्ता करने से अंतड़ियां सिकुड़ जाती हैं जिसके कारण दर्द शुरू हो जाता है। अंतड़ियों के कई बार सिकुड़ने से पित्ताशय (Gall Bladder) के दर्द का दौरा पड़ जाता है। चिन्ता के कारण पेट में घाव भी हो जाते हैं। यदि चिन्ता का त्याग नहीं किया जाय, घाव ठीक नहीं होते।

अमरीका के प्रसिद्ध मेयो अस्पताल के एक डाक्टर को पेट का दर्द हो जाता था। वह इस दर्द के कारण को भली प्रकार जानता था। अस्पताल की भीड़ और मरीजों की दुर्दशा के बीच रहने के कारण उसे पेट दर्द होता था। इस दर्द से छुटकारा पाने के लिए वह केवल यह करता था कि अस्पताल छोड़ कर मिसीसिपी से 20-25 मील दूर चला जाता था। जितने समय वह मिसीसिपी से दूर रहता था, बिल्कुल स्वस्थ रहता था। लेकिन जब वह वापस लौटता था और दूर से अस्पताल की मीनारें उसकी नज़र में आने लगती थीं, उसके पेट में दर्द होना शुरू हो जाता था।

अस्पताल की खींचा-तानी और मरीजों के जान खा जाने वाले व्यवहार ने उसके लिए अस्पताल के दर्शन तक को पेट दर्द बना दिया था। डाक्टर के विचारानुसार मिसीसिपी से दूर चले जाने से उसके दर्द हर जाने का कारण यह था कि उसके मन में अस्पताल को देखते ही तनाव तथा चिन्ताएं उत्पन्न होने लगती थीं। इसीलिए उसे मिसीसिपी नगर पसंद नहीं था।

चिन्ता और भय के कारण उल्टियां भी आने लगती हैं। कई बार आपने देखा होगा कि भरपेट भोजन करने के बाद यदि अचानक कोई भयानक अथवा बुरी खबर सुनने को मिले, तत्काल वमन (कै) होने लगता है।

गले में गोला: अनेक लोग कहते हैं, ''मेरे गले में एक गोला सा रहता है'' कुछ दूसरे लोग बताते हैं, ''मेरा दिल मेरे गले में आकर लगता है।''

इन लोगों का ख्याल होता है कि शायद उनके गले में कोई रसौली (Cancer) है। ऐसे मरीजों में से 95 प्रतिशत की तकलीफ का कारण भय तथा चिन्ता होती है। चिन्ता के कारण जो हानिकारक मनोवेग उत्पन्न होते हैं उनसे भोजन वाली नली का ऊपरी भाग कस कर बंद हो जाता है। इसी कठोरता को वह गोला सा अनुभव करते हैं और इसके कारण किसी चीज का अंदर जाना भी कई बार कठिन हो जाता है। जब यह कठोरता ठीक हो जाती है तो गोला भी ठीक हो जाता है। ज्यों-ज्यों मरीज इसकी चिन्ता करता है, वैसे-वैसे यह गोला उसको बढ़ता हुआ अनुभव होता है।

गर्दन के पीछे का दर्द: जो लोग गर्दन के पीछे दर्द की शिकायत करते हैं उनमें से 85 प्रतिशत मरीजों के इस दर्द का कारण चिन्ता होती है। चिन्ता के कारण गर्दन के पिछले भाग के पट्ठे (मांसपेशियां) खिंच जाती हैं जिससे गर्दन के पीछे दर्द होने लगता है। कई आदमी कहते हैं, "अमुक व्यक्ति मेरे लिए बड़ा सिरदर्द है।" यह बात वे ठीक ही कहते हैं। इसको यदि आपको परखना हो तो एक आराम कुर्सी पर बैठ जाइए, फिर आंखें बन्द करके किसी बात की गंभीर चिन्ता करनी शुरू कर दीजिए। एक घंटे बाद आप देखेंगे कि आपकी गर्दन अकड़ गयी है और दर्द कर रही है, इसके साथ ही सिर दर्द भी शुरू हो जाएगा।

सिर दर्द: सिर दर्द से आज-कल कोई विरला ही बचा होगा। 90 प्रतिशत लोगों के सिरदर्द का कारण चिन्ता है। जब चिन्ता दूर हो जाती है तो दर्द भी अपने आप हट जाता है और सिर हल्का हो जाता है। इस दर्द का कारण भी सिर की मांसपेशियों में खिंचाव होना है जोकि चिन्ता के कारण होता है।

चिन्ता सिर दर्द का कारण कैसे बनती है? यह निम्नलिखित केस से अच्छी तरह स्पष्ट हो जाएगा।

एक नौजवान लड़की मिस 'ए' को हर समय काफी सिर दर्द रहता था। वह कई डाक्टरों के पास इलाज के लिए गयी। उसके सिर के कई एक्स-रे लिए गये। आंखें भी टैस्ट की गईं परन्तु उनमें कोई दोष नहीं निकला। काफी इलाज के बावजूद उसका सिर दर्द ठीक नहीं हुआ। अन्त में डाक्टरों ने उसको एक मनोवैज्ञानिक के पास इलाज के लिए भेज दिया।

इस लड़की के पांच भाई-बहन थे और वह सबसे बड़ी थी। इसकी मां नौकरी करती थी और सारा दिन बाहर काम पर रहती थी। मां के जाने के बाद इसे अपने सारे भाई बहनों को संभालने पड़ते थे। इसका पिता सौतेला था और वह इसको अच्छा नहीं समझता था। बहुत समय तक घर के काम-काज में व्यस्त रहने के कारण उसकी पढ़ाई का बहुत नुकसान होता था। वह नहीं चाहती थी कि उसकी पढ़ाई का नुकसान हो। मनोवैज्ञानिक ने उसे समझाया कि तुम्हारे सिर दर्द का कारण घर का वातावरण है, जिसे तू बिल्कुल पसंद नहीं करती और जिससे छुटकारा पाने का तुझे कोई मार्ग नहीं मिलता। अगर तू इस वातावरण को स्वीकार कर ले और इस पर खीझना छोड़ दे तो तेरा सिर दर्द ठीक हो जाएगा। लड़की ने मनोवैज्ञानिक के इस सुझाव को न तो स्वीकारा और न ही उसका पालन किया, उसका सिर दर्द पहले की तरह जारी रहा।

कुछ समय पश्चात् मनोवैज्ञानिक का यह सुझाव बिल्कुल सत्य निकला। उस लड़की का विवाह एक धनी व्यक्ति से हो गया और उसको घर के वातावरण से छुटकारा मिल गया। धीरे-धीरे उसका सिर दर्द अपने आप ठीक हो गया।

चिन्तावानों को शरीर के कई अन्य भागों में भी दर्द होता रहता है जैसे - कंधों, घुटनों और छाती में। इसका कारण भी मांसपेशियों का खिंचाव है, जोकि चिन्ता करने से हो जाता है। छाती के दर्द वाले मरीज बहुत चिन्ता करते हैं-विशेषकर जब दर्द छाती के बायें तरफ हो, क्योंकि बायीं तरफ दिल होता है। वे समझते हैं कि यह दर्द शायद कोई दिल की बीमारी के कारण है। अगर कोई डाक्टर यह कह दे कि हो सकता है कि यह दर्द दिल की कोई बीमारी के कारण हो। फिर तो मरीज बिल्कुल ही शक्तिहीन हो जाता है। जैसे-जैसे वह दर्द का अनुभव करता है वैसे-वैसे दर्द और बढ़ता जाता हैं। इस प्रकार मरीज एक ऐसे भ्रम-जाल में फंस जाता है कि कोशिश करने पर भी निकलना उसके लिए मुश्किल हो जाता हैं। सभी बीमारियों में दिल की बीमारी से लोग अधिक डरते हैं, क्योंकि दिल शरीर का सबसे महत्त्वपूर्ण अंग है।

इस संदर्भ में डाक्टर सिंडलर अपना ही उदाहरण देते हैं, वह लिखते हैं कि मुझे चिन्ता के कारण शरीर के किसी न किसी भाग में दर्द हो जाता है। यह दर्द उस समय होता है जब मैं काम करता हूं। यदि किसी दिन मरीजों से अधिक सिर खपाना पड़े या किसी चिड़चिड़े मरीज से पाला पड़ जाए तो यह दर्द और भी बढ़ जाता है। कई बार तो इतना अधिक दर्द होने लगता है कि मैं बिजली का स्विच तक नहीं बन्द कर पाता। मैं इस दर्द के कारण को जानता हूं। जब यह दर्द बहुत अधिक बढ़ जाता है तो मैं अस्पताल से 20-25 मील दूर, कहीं एकान्त में चला जाता हूं और यह दर्द धीरे-धीरे अपने आप ठीक हो जाता है।

थकावट: थकावट, चिन्ता और भय करने से होती है, काम करने से आदमी कभी नहीं थकता। अगर थोड़ा-बहुत थक भी जाए तो थोड़ा आराम करने से ऐसी थकावट दूर हो जाती है।

कब्ज: अत्यधिक चिन्ता करने वाले कुछ लोगों को कब्ज हो जाती है। चिन्ता थोड़े से कब्ज को बहुत बढ़ा देती है।

भूख का घट जाना: चिन्तावान सदा अपनी चिन्ता में डूबा रहता है, इसलिए उसे पता ही नहीं लगता कि वह क्या खा रहा है और उसका क्या

स्वाद है। जो कुछ थोड़ा बहुत खाता है, वह निगलने वाली बात होती है। वह अपनी पत्नी को अच्छा भोजन बनाने की कभी राय नहीं देगा। भूख घट जाने का दूसरा कारण यह है कि बुरे आवेगों के कारण पेट में वह रस (Gastic Juice) नहीं बनता, जिससे भूख लगती है।

नींद न आना: चिन्तावान को अच्छी तरह नींद नहीं आती। यदि थोड़ी बहुत आती भी है तो जरा सी आवाज से वह जग जाता है। रात में कई बार उसकी नींद खुलती है अर्थात् एक ही नींद में सुबह नहीं होती। जब उसे कुछ दिन लगातार पूरी नींद नहीं आती तो वह फिकर करने लगता है जिससे उसकी उनिद्रा और अधिक बढ़ जाती है।

आंखों में खिंचाव रहना: कई आदमी कहते हैं कि मेरी आंखें खिंची-खिंची सी रहती हैं। कई आकर कहते हैं, ''डाक्टर, मेरी आंखें बड़ी भारी-भारी और दर्द करती रहती हैं। कभी-कभी तो दिखाई देना भी बन्द हो जाता है।'' पुरुषों से स्त्रियों में यह तकलीफ अधिक पायी जाती है। ऐसे मरीज अन्त में किसी चशमे वाले डाक्टर के पास जांच कराने के लिए जाते हैं, परन्तु चश्मा लगाने के बाद भी उनकी आंखों का खिंचाव दूर नहीं होता। इसका कारण आंखों की मांसपेशियों का खिंचाव है। चिन्ता के कारण आंखों की मांस पेशियां कस जाती हैं जिससे आंखों में खिंचाव तथा दर्द शुरू हो जाता है। आंखें शरीर का बहुत ही कोमल अंग हैं और इन पर चिन्ता का बहुत शीघ्र प्रभाव पड़ता है। वास्तविकता तो यह है कि यदि आप अपनी आंखों को खिंचाव से बचाकर ढीला रख सकते हैं, तो आपको कभी भी चिन्ता नहीं लग सकती। चिन्ता छोड़ने से बहुत से बहुत से लोगों का ऐनकों से भी छुटकारा हो जाता है। दर्द शुरू हो जाता है। आंखें शरीर का बहुत ही कोमल अंग हैं और इन पर चिन्ता का बहुत शीघ्र प्रभाव पड़ता है। वास्तविकता तो यह है कि यदि आप अपनी आंखों को खिंचाव से बचाकर ढीला रख सकते हैं, तो आपको कभी भी चिन्ता नहीं लग सकती। चिन्ता छोड़ने से बहुत से लोगों का ऐनकों से भी छुटकारा हो जाता है।

काला मोतिया (Glaucoma): आंखों में खिंचाव रहने व अधिक चिन्ता के कारण आंखों की कई अन्य बीमारियां भी लग जाती हैं। डा. मानसिंह निरंकारी व डा. रामलाल सर्जन (नेत्र चिकित्सालय-अमृतसर) ने मुझे बताया कि काले मोतिये का एक कारण चिन्ता भी है। उन्होंने बताया कि भारत के विभाजन के बाद मोतिये के जितने मरीज उनके पास इलाज के लिए आये उनमें से बहुत से पाकिस्तान से उजड़कर आये हुए लोग थे।

डाक्टर मानसिंह निरंकारी ने आगे यह भी बताया कि भय और चिन्ता से कई बार मनुष्य की नजर भी बन्द हो जाती है। उन्होंने एक ऐसे मरीज का हाल सुनाया जो कि चिन्ता के कारण बड़ी तेजी से अपनी आंखों को हर समय झपकाता रहता था।

बोलने की शक्ति कम हो जाती है: कुछ दिन हुए मैं भारत के आंख, कान, नाक और गले के प्रसिद्ध डाक्टर तुलसी दास से मिला। उन्होंने मुझे बताया कि चिन्ता के कारण कई बार मनुष्य की बोलने की शक्ति भी प्राय: समाप्त हो जाती है। इस विषय में उन्होंने निम्नलिखित केस सुनाया,

''एक नवयुवक मिस्टर 'एम' को मेरे पास लाया गया। कुछ दिन से उसकी बोलने की शक्ति अपने आप ही समाप्त हो गयी थी। वह 'आं-आं' करने के अतिरिक्त और कोई शब्द नहीं बोल पाता था। मैंने उसका अच्छी तरह निरीक्षण किया और सभी आवश्यक टेस्ट किए, परन्तु कोई भी दोष न निकला तो मुझे ऐसा प्रतीत हुआ कि इसकी सारी बीमारी का कारण चिन्ता और भय है।

''विस्तार से पूछताछ करने पर पता चला कि इस आदमी की आर्थिक दशा बहुत खराब हो चुकी है और वह कई तरह के संकटों में फंसा हुआ है। आर्थिक दशा के खराबी से पैदा हुई चिन्ता ही उसके रोग का कारण थी।''

काम-रुचि (सेक्स) का कम होना: चिन्ता से मनुष्य की काम-रुचि भी कम हो जाती है। ये कभी मामूली भी हो सकती है और कभी इतनी अधिक भी कि आदमी बिल्कुल नामर्द हो जाए। काम में रुचि कम हो जाने का कारण चिन्तावान का हर समय गमों में डूबे रहना है। गम के अतिरिक्त उसे किसी भी अन्य चीज का शौक नहीं होता है। इन तकलीफों के अतिरिक्त चिन्तावान और कई तकलीफें अनुभव करता है।

हिस्टीरिया: हिस्टीरिया की बीमारी का कारण भी चिन्ता है। हिस्टीरिया के मरीज का वास्तविक उद्देश्य दूसरे लोगों विशेषकर अपने पिता या पति का ध्यान अपनी ओर आकर्षित करना होता है। ये बीमारी तो एक साधन है जिसकी सहायता से रोगी अपनी मनमर्जी का काम करना और रिश्तेदारों की सहानुभूति प्राप्त करना चाहता है। हिस्टीरिया की बीमारी वाली स्त्रियां बच्चों की तरह बहुत डरपोक होती हैं। यह बीमारी पुरुषों में कम और स्त्रियों में अधिक होती है।

कुछ आम चिह्न हैं जो चिन्तावान में पाए जाते हैं। जब डाक्टर चिन्तावान से पूर्ण सहानुभूति प्रकट करके उसको अपने भरोसे में ले आता है, तो फिर चिन्तावान अपने दिल की कुछ बातें डाक्टर को बताता है।

- मुझे अपने काम में कोई रुचि नहीं रही।
- मैं महसूस करता हूं कि मैं अपनी पत्नी और बच्चों की ओर पूरा ध्यान नहीं दे पा रहा।
- मेरा मूड हर समय खराब रहता है।
- मैं अपने परिवार पर बोझ हूं।
- मुझे जीवन का आनन्द नहीं आ रहा है।
- जैसा मैं पहले था अब वैसा नहीं रहा।
- मुझे सिर दर्द और थकावट बहुत रहती है।
- मेरा ख्याल है कि मुझे रसौली हो गयी है।
- मेरा कहीं बाहर जाने को मन नहीं करता।
- पता नहीं मेरे मन को क्य हो गया, ये ठीक नहीं प्रतीत होता।
- मेरी छाती में दर्द रहता है।
- मुझे ऐसा अनुभव होता है कि जल्दी ही मेरी मृत्यु हो जाएगी।

कई लोगों का विचार है कि चिन्ता रोग केवल दिल के कमजोर और शरीर से अस्वस्थ लोगों को होता है। यह बात ठीक नहीं! चिन्ता रोग का शिकार हृष्ट-पुष्ट व्यक्ति भी हो जाते हैं। मेरे पास कई ऐसे पठान आते हैं जो कि देखने में बहुत स्वस्थ हैं, कद छः फुट और चेहरे लाल सुर्ख, परन्तु ये हर समय यही शिकायत करते रहते हैं–

"डाक्टर साहब, मेरा दिल बहुत कमजोर हो गया है, बड़ी बेचैनी सी रहती है; दिल की ताकत को कोई अच्छी दवा दो"। इन शब्दों में वे अपनी तकलीफ बताते हैं।

इन छः फुट वाले जवानों को बीमारी का कारण चिन्ता होती है। विदेश में रहने के कारण अपने वतन की याद, परिवार से बिछुड़ने और असुरक्षा का भाव इत्यादि की चिन्ता होती है

प्रश्नः अब एक प्रश्न उत्पन्न होता है कि, जब डाक्टर चिन्तावान को बाताता है कि तेरी तकलीफें किसी बीमारी के कारण नहीं हैं, इसका कारण कोई चिन्ता है तो वह इस बात पर विश्वास क्यों नहीं करता?

उत्तरः इसका उत्तर बड़ा साधारण और स्पष्ट है: कि चिन्तावान जो तकलीफ चिन्ता के कारण अनुभव करता है, वह इसके पहले कदापि नहीं अनुभव किया होता। चिन्ता के कारण पैदा हुए शारीरिक लक्षण जब वह

पहली बार अनुभव करता है तो घबरा जाता है। इस घबराहट में कुदरती उसके मन में यह विचार आता है कि जो तकलीफ उसे हो रही है, वह उसके अंगों में किसी दोष के बिना नहीं हो सकती। चिन्तावान को इस बात का ज्ञान नहीं होता कि केवल डर और फिकर भी ऐसे शारीरिक लक्षण पैदा कर सकते हैं। उसका आत्मविश्वास समाप्त हो जाता है इसलिए वह अपने डाक्टर की बात पर भी विश्वास नहीं करता। इसको हम 'आत्मविश्वास का समाप्त हो जाना' कहते हैं।

अध्याय दो की स्मरण रखने योग्य बातें

चिन्तावान के मनोवैज्ञानिक लक्षण:

- वह अपने आपको बहुत दुखी अनुभव करता है।
- वह बहुत बुजदिल होता है।
- उसको किसी पर विश्वास नहीं होता।
- वह चिड़चिड़े स्वभाव का होता है।
- वह बहुत स्वचेतन और अनुभवशील (अधिक महसूस करने वाला) होता है।
- वह निराशावादी होता है।
- उसकी स्मरण शक्ति कमज़ोर होती है।
- वह शीघ्र निर्णय नहीं कर सकता।
- उसका आत्मविश्वास समाप्त हो जाता है।
- वह सदैव हैरान व परेशान रहता है तथा वह स्वभाव से बहुत उदार होता है।

चिन्तावान के शारीरिक लक्षण:

● दिल का धड़कना, ● चक्कर आना, ● पेट में गैस, ● पेट दर्द, ● गले में गोला, ● गर्दन में दर्द, ● सिर दर्द, ● थकावट, ● कब्ज, ● भूख का घट जाना, ● नींद न आना, ● आंखों में खिंचाव रहना, ● काम-रुचि (सेक्स) का कम होना।

❑❑❑

3

मनोवेगों से उत्पन्न तरंगों का शरीर पर प्रभाव

जिस तरह आपके मनोवेग हैं, उसी तरह आपका जीवन है। हर समय दुखदायी विचारों में डूबे रहने को 'चिन्ता' कहते हैं। चिन्ता के मनोवैज्ञानिक लक्षणों को तो चिन्तावान समझ जाता है, परन्तु चिन्ता के कारण उत्पन्न हुए शारीरिक लक्षणों को जिनका हम पिछले अध्याय में वर्णन कर चुके हैं, वह बिल्कुल नहीं समझता। अपने शारीरिक लक्षणों को देखकर चिन्तावान बहुत आश्चर्य चकित होता है। इसीलिए यदि रोगी को कह दिया जाए कि "तुझे कोई रोग नहीं है" तो इससे उसकी तनिक भी संतुष्टि नहीं होती। अगर उसको यह कहें कि "तेरी बीमारी का कारण केवल चिन्ता है" तो इससे भी उसके ऊपर कोई फर्क नहीं पड़ता। वह पहले की अपेक्षा और उदास हो जाता है और किसी अन्य डाक्टर के पास इलाज कराने चला जाता है। इसलिए यह जरूरी है कि चिन्ता से मनुष्य के ऊपर जो प्रभाव पड़ता है और जो परिवर्तन होता है उस पर कुछ प्रकाश डालें।

मनोवेग क्या है

मनोवेग या आवेग एक ऐसी लहर है जो कि प्रत्येक विचार के साथ मस्तिष्क में उत्पन्न होती है और शरीर के प्रत्येक भाग पर अपना प्रभाव डालकर समाप्त होती है। इसका शरीर के मुख्य अंगों (दिल, फेफड़े, अंतड़ियां आदि) पर अधिक प्रभाव पड़ता है। मनोवेगों का वास्तविक काम मनुष्य को स्वस्थ रखना और आगामी खतरों से बचने के लिए तैयार करना है। परन्तु यदि आवेग ठीक प्रकार के न हों तो वे स्वास्थ्य के लिए हानिकारक होते हैं। जैसे मनुष्य के मनोवेग होते हैं उसी तरह का उसका जीवन होता है।

मनोवेग विचारों से उत्पन्न होते हैं और ये दो प्रकार के होते हैं:

1. अच्छे आवेग: ये संतोष, सहनशीलता, साहस, प्रसन्नता, हंसी-खेल, मेल-मिलाप, सेवा और प्रेम से उत्पन्न होते हैं और स्वास्थ्य के लिए लाभदायक हैं।

2. बुरे आवेग: ये भय, चिन्ता, घृणा, गम, निराशा, निन्दा, क्रोध, ईर्ष्या, लड़ाई-झगड़े आदि से उत्पन्न होते हैं और स्वास्थ्य के लिए बहुत हानिकारक होते हैं।

हमारे शरीर का कोई ऐसा अंग नहीं है जिन पर आवेगों का प्रभाव न होता हो। बुरे आवेगों से मनुष्य के मुख्य अंग (दिल, फेफड़े, अंतड़ियां आदि) बड़ी तीव्र गति से चलने लगते हैं। इस बात को हम एक बिल्ली को भय-आवेग (Fear Emotion) में लाकर सिद्ध करते हैं।

बिल्ली का शरीर-विज्ञान मनुष्य से मिलता-जुलता है। सबसे पहले हम बिल्ली के मुख्य अंगों के नाप उस समय लेते हैं, जबकि वह बिल्कुल आराम कर रही है, फिर उसको भयभीत करके, उसके शरीर के सारे नाप लेंगे।

बिल्ली के माप, जबकि वह आराम कर रही है:

सांस की गति	–	एक मिनट में 20
नब्ज	–	एक मिनट में 100
रक्त दबाव (ब्लडप्रेशर)	–	100 मिलीमीटर
पेट	–	इसका 'एक्स-रे' ले लिया जाता है। अंतड़ियों की चाल बराबर और एक मिनट में लगभग 7 है।
रक्त में चीनी (Sugar)	–	इसकी मात्रा नाप ली जाती है।
आक्सीजन तथा कार्बन – डाइआक्साइड	–	जितनी आक्सीजन बिल्ली सांस के साथ अंदर लेती है, और जितनी कार्बन डाइआक्साइड बाहर निकालती है, नाप ली जाती है।

अब बिल्ली में किसी विचार द्वारा ही आवेग लाना है। इसके लिए हम बिल्ली के साथ वाले कमरे में एक कुत्ता ले जाते हैं। कुत्ता भौंकता है, कुत्ते की

आवाज सुनकर बिल्ली डर जाती है। अब भय का आवेग बिल्ली पर अपना प्रभाव डालने लगता है। इसमें ध्यान देने योग्य बात यह है कि कुत्ता और बिल्ली एक दूसरे के आमने-सामने नहीं हुए। कुत्ते के भौंकने की आवाज सुनकर ही बिल्ली के अन्दर भय-आवेग ने अपना प्रभाव डालना शुरू कर दिया है। अब हम बिल्ली के माप भय-आवेग की अवस्था में लेते हैं।

कुत्ते की आवाज सुनते ही, झट से बिल्ली उठकर खड़ी हो जाती है। कमर ऊंची और पूंछ खड़ी कर लेती है। उसके शरीर के सभी बाल खड़े हो जाते हैं और उसका मुंह कुत्ते की आवाज की ओर हो जाता है।

बिल्ली के भय-आवेग के पश्चात् माप :

सांस की गति	–	एक मिनट में 40
नब्ज	–	एक मिनट में 70
ब्लडप्रेशर (रक्त दबाव)	–	100 मिलीमीटर
पेट	–	अंतड़ियों की चाल बराबर नहीं रही और तेज हो गयी, परन्तु यदि भय बहुत अधिक है तो अंतड़ियों की चाल बिल्कुल बंद हो जाएगी।
रक्त में चीनी (Sugar)	–	इसकी मात्रा बढ़ गयी है, जिससे पता लगता है कि बिल्ली की शक्ति बड़ी शीघ्रता से खर्च हो रही है।

उपरोक्त स्थितियों की तुलना से हमें चिन्तावान की बहुत सी तकलीफों के कारणों का पूरा-पूरा पता लग जाता है।

यदि आवेग ठीक प्रकार का और ठीक मात्रा में हो तो ये शरीर के लिए बहुत लाभदायक होता है। अब आन देखें कि बिल्ली को भय आवेग के क्या लाभ हैं। बिल्ली ने खतरा अनुभव किया है, उस खतरे का सामना करने के लिए वह झटपट तैयार होकर खड़ी हो जाती है। उसके सभी अंग खतरे का मुकाबला करने के लिए तेजी से काम करने लग गये हैं, उसके रक्त में शक्ति अधिक आ गयी है। इस भय-आवेग के कारण बिल्ली या तो खड़ी होकर खतरे का मुकाबला करेगी या अपना बचाव करने के लिए भाग जाएगी।

इसी प्रकार मनुष्य को भी भय और चिन्ता के कई लाभ हैं। ये मनुष्य को आगामी खतरों का सामना करने के लिए तैयार और चौकन्ना करते हैं जो कि उसके अपने जीने के लिए बहुत जरूरी है। यदि ये न हों तो मनुष्य अपने जीवन के बचाव के लिए कोई प्रयास ही न करे। भय और चिन्ता का आवश्यकता से अधिक होना मनुष्य के लिए बहुत हानिकारक है।

डाक्टर जान वॉटसन ने सिद्ध कर दिया है कि प्रत्येक विचार मनुष्य के शरीर के किसी न किसी भाग में कोई न कोई हरकत पैदा करके ही समाप्त होता है। प्रत्येक दुखदायक विचार शरीर के मुख्य अंगों की चाल में परिवर्तन कर देता है। ये परिवर्तन दो बातों पर निर्भर हैं। पहली ये कि विचार कितनी विशेषता से आया है, दूसरी ये कि उस आदमी पर आवेगों का प्रभाव कितना शीघ्र या देर से होता है।

प्रश्न: जहां एक साधारण आदमी को सफलता दृष्टि गोचर होती है, वहां चिन्तावान को असफलता क्यों दिखाई देती है?

उत्तर: परिस्थितियां चाहे कितनी भी अच्छी और अनुकूल क्यों न हों, चिन्तावान को हर तरफ चिन्ता ही नजर आती है। इसका कारण यह है कि जब मनुष्य बहुत चिन्ता में होता है, वह न तो ठीक से सोच सकता है और न ही किसी सही फैसले पर पहुंच सकता है और न ही वह अपने आसपास के वातावरण का ठीक प्रकार से निरीक्षण ही कर सकता है। इसलिए इस अवस्था में वह जो कुछ सोचता समझता या अनुभव करता है, वह काफी सीमा तक अनुचित होता है। जब मनुष्य बहुत ही चिन्ता आवेगों में होता है, तो उसकी सोचने की शक्ति समाप्त हो जाती है।

प्रत्येक आदमी जिसका दिमाग ठीक है यदि हर समय चिन्ता करता रहेगा, अवश्य आवेगी हो जाएगा और तरंगों के आवेगों के कारण उत्पन्न हुई अव्यवस्था को अनुभव करेगा। प्रायः लोगों का विचार है कि चिन्ता रोग शारीरिक कमजोरी से होते हैं, परन्तु यह बात ठीक नहीं है। चिन्ता रोगों का कारण केवल चिन्ता और भय है। भय और चिन्ता बुरे आवेग उत्पन्न करते हैं और इन बुरे आवेगों से उत्पन्न हुई बीमारियों को ही चिन्ता रोग कहते हैं।

क्रोध-आवेग का शरीर पर प्रभाव: क्रोध-आवेग का भी मनुष्य के शरीर पर बहुत बुरा प्रभाव पड़ता है। जब मनुष्य क्रोध में आता है तो उसका चेहरा लाल और आंखें फटी सी, होंठ थरथराते हुए, मुट्ठियां जोर से बंद हुईं, हाथ-पांव कांपने लग जाना और कई बार आवाज में भी कंपन आ जाती है।

यदि क्रोध बहुत अधिक आ जाए तो कई बार अंतड़ियां भी सिकुड़ जाती हैं जिसके कारण पेट दर्द शुरू हो जाता है। क्रोध से दिल की गति तीव्र हो जाती है और कई बार ये 180 या 200 तक भी पहुंच जाती है। और तब तक ऐसी रहती है जब तक क्रोध उतर नहीं जाता। क्रोध से ब्लड-प्रेशर भी बढ़ जाता है और यह 120 की जगह 200 तक या इससे भी ऊपर चला जाता है। ब्लड-प्रेशर बढ़ जाने के कारण कभी-कभी मनुष्य बेहोश भी हो जाता है। क्रोध से दिल की रक्त नाड़ियां भी सिकुड़ जाती हैं जिसके कारण दिल का दर्द शुरू हो जाता है। दिल के रोगियों की कई बार क्रोध से मृत्यु भी हो जाती है।

अध्याय तीन की स्मरण रखने योग्य बातें

- आवेग किसी विचार द्वारा मस्तिष्क में उत्पन्न होता है और शरीर के प्रत्येक भाग पर अपना प्रभाव डालकर समाप्त होता है।
- आवेगों से शरीर के मुख्य अंग तेज गति से चलने लग जाते हैं, जैसे-दिल का धड़कना, सांस फूलना, पेट में दर्द आदि।
- अच्छे आवेग संतोष, हिम्मत, खुशी, प्रेम, हंसना-बोलना, सेवा और मेल मिलाप आदि से उत्पन्न होते हैं। ये स्वास्थ्य के लिए बहुत आवश्यक हैं।
- बुरे आवेग डर, चिन्ता शोक, घृणा, निराशा, निन्दा, क्रोध, ईर्ष्या और कलह से उत्पन्न होते हैं। ये स्वास्थ्य के लिए हानिकारक हैं।

किसी बात की हर समय चिन्ता करते रहना चिन्ता का अभ्यास है, यही मनुष्य को आवेगात्मक बना देता है।

❑❑❑

4

चिन्ता रोग के रोगियों की आपबीती

चिन्तित रहने वाले व्यक्ति को सिर्फ एक ही कष्ट नहीं होता, वह कई तरह की तकलीफों से गुज़रता है। निम्नलिखित कुछ केसों से यह ज्ञात हो सकता है कि डर, फिक्र व चिन्ता से मनुष्य के शरीर पर क्या प्रभाव पड़ते हैं। ये उदाहरण वास्तविक जीवन से लिए गए हैं। अतः मरीज़ों की इच्छानुसार उनके नाम गोपनीय ही रखे गए हैं।

श्रीमती 'क' का कहना है, "मेरा जन्म एक छोटे गांव टैनसी में हुआ था। 24 वर्ष की आयु में मैं उत्तरी अमेरिका आकर एक विद्यालय में पढ़ाने लगी। 26 वर्ष की आयु में मेरा विवाह हो गया। अब मेरे विवाह को पांच वर्ष हो गए हैं। चिन्ता का शिकार होने से पहले मैं बिल्कुल स्वस्थ थी।

"हुआ यूं कि छः वर्ष पहले मैं वेस्ट चेस्टर में पढ़ा रही थी। बचपन में मां-बाप की लाडली होने के कारण उन्होंने मुझे कभी डांटा-फटकारा भी न था। जब मैंने स्कूल में पढ़ाना शुरू किया तो कुछ थकी-सी रहने लगी। डाक्टरों के अनुसार मुझमें खून की कमी थी, इसलिए ताकत के कुछ इंजेक्शन लगवाए और यह कष्ट दूर हो गया।

"कुछ समय बाद फिर मुझे यही तकलीफ़ हो गई। ज्योंही स्कूल का प्रिन्सिपल मेरी क्लास में कदम रखता, मेरा सारा शरीर डर से कांपने लगता। इस प्रिन्सिपल का स्वभाव बहुत सख्त व कड़वा था। उसने मुझे बीमार कर दिया। नौकरी छोड़ मैं चारपाई से लग गई। लेकिन घर में भी चैन न था। सास से मेरे संबंध बिगड़ गए। उन्होंने मेरी निजी ज़िंदगी में दखलंदाज़ी करना शुरू

कर दिया। वे मेरे पति से कहतीं, "ये बेकार बहाने बनाती है। इसे कोई बीमारी नहीं, यह कामचोर है। जिसे पकी-पकाई मिल जाए, उसे काम करने की क्या जरूरत।"

"अब मुझे यह डर सताने लगा कि कहीं मेरे पति मुझे तलाक न दे दें। मेरी हालत इतनी खराब हो गई कि सास की शक्ल देखते ही मेरा शरीर कांपने लग जाता और हाथ-पैर ठंडे हो जाते।

"मुझे हर चीज़ से डर लगने लगा। जहां डरने की कोई वजह न होती मुझे वहां भी डर लगता। मेरा दिल बहुत तेज़ धड़कता और ऐसा लगता कि धड़कन रुक जाएगी। खिड़की से झांकते हुए भी डर लगता। डाक्टर कहते कि मुझे कुछ नहीं हुआ, लेकिन मेरे लिए रोज़मर्रा के काम करना भी मुश्किल हो रहा था। मेरी स्मरण शक्ति कमजोर हो गई, मैं भुलक्कड़ हो गई। मेरा वजन 35 पौंड कम हो गया। आखिरकार डा. चैपल से मुलाकात हुई तो मुझे मालूम हुआ कि मेरा रोग मनोरोग है और इसका मूल कारण चिन्ता है।"

श्रीमती 'ब' के साथ कुछ यूं हुआ –

"मेरा जन्म न्यूयार्क में हुआ था। सत्रह वर्ष की आयु में मेरा विवाह हो गया। अब मेरे विवाह को ग्यारह वर्ष हो चुके हैं। मेरे पति डाकघर में काम करते हैं तथा हम लोग मैनहट्टन में रहते हैं।

"विवाह के पश्चात् शुरुआत के पांच वर्षों में हम लोगों को कड़ा संघर्ष करना पड़ा था। आय बहुत कम थी। इसी दौरान हमारा बेटा हुआ, जिसकी मौत हो गई। उसकी मृत्यु ने मुझे तोड़ दिया। मैं बहुत कमजोर हो गई। एक दिन मैं व मेरे पिताजी कार में कहीं जा रहे थे कि एक्सीडेंट हो गया और मेरे पिता की तत्काल मृत्यु हो गई। इस दुर्घटना के एक माह बाद मुझे अजीब अनुभव होने लगा। मेरा दिल जोर-जोर से धड़कता, कलेजा मुंह को आता और ऐसा लगता मानो छाती पर बड़ा भार रखा हो। डाक्टरों ने अनेक तरह की जांच की किन्तु रोग का कोई पता न चलता। वे सभी कहते कि मैं बिल्कुल ठीक हूं। मेरे कष्टों का कोई अंत नहीं था। मुझे हमेशा यही लगता था कि मैं मर जाऊंगी।"

धीरे-धीरे मेरा घर से निकलना बंद हो गया। मैं अकेले नहीं रह सकती थी। शोर-शराबे से भी भय लगता था। मेरे शरीर में दर्द शुरू हो गया। कुछ डाक्टरों ने कहा कि मेरे कष्ट का कारण चिन्ता एवं भय है तो मुझे ऐसा लगा

कि कोई मानसिक बीमारी है। अब अपने कष्टों के बारे में बताने से भी भय लगता कि कहीं लोग मुझ पर हंसें नहीं। लेकिन अब मुझे पूरा विश्वास हो गया है कि मेरी सारी तकलीफ़ों का मूल कारण मेरा भय ही था।

श्री 'ख' की कहानी भी कुछ इसी तरह की है; "मैं 29 वर्ष का हूं। एक बार मैं अपनी कार में जा रहा था कि अचानक छोटी गली से एक बच्चा अपनी गेंद पकड़ने के लिए सीधे मेरी कार के सामने आ गया। मैंने पूरी शक्ति से ब्रेक लगाए और कार रोक ली। बच्चा बाल-बाल बच गया। इस घटना से मैं इतना आतंकित हो गया कि मेरा शरीर कांपने लगा और करीब पंद्रह मिनट तक मैं अपने आपको काबू में न ला सका। किसी तरह कार चला कर मैं घर पहुंचा। दो दिन बाद ही मैं और मेरी पत्नी पंद्रह दिन की छुट्टी पर बाहर जाने वाले थे। लेकिन इस घटना के बाद मैं इतना भयभीत हो गया कि घर से बाहर निकलते ही दिल की धड़कन तेज़ होने लगती, टांगें कमज़ोर व सांस भी रुकने लगती। मैं पांच महीने तक घर से बाहर न निकला।

उसके बाद कई प्रसिद्ध डाक्टरों को दिखाया, अनेक टेस्ट करवाए। मेरा शरीर बिल्कुल ठीक था लेकिन मेरा कष्ट पूर्व की भांति ही जारी रहा। इस हालत में मैं डा. चैपल से मिला, उन्होंने मुझे बताया कि मेरे मन में उस अचानक घटी कार-दुर्घटना से अति चिन्ता (marked anxiety) पैदा हो गई है और यही मेरे कष्टों का स्रोत है।

श्री 'ख' जब मेरे पास आए तो उन्हें निम्नलिखित शारीरिक कष्ट थे जैसे, दिल का जोर-जोर से धड़कना, हाथ-पैर ठंडे पड़ जाना, घुटनों में दर्द, चक्कर आना।

मैंने उससे दोस्ताना बातचीत की और उसके जीवन के बारे में जानने का प्रयास किया। मुझे अधिक प्रयत्न नहीं करना पड़ा। उसने जल्द ही आपबीती बयान कर दी।

"मैं एक सरकारी कर्मचारी हूं। मेरे काम के लिए मुझे काफ़ी सफर करना पड़ता है। कई महीने पहले की बात है, मैंने अपनी यात्रा-खर्च का बिल अपने कार्यालय को भेजा। मैं पहले दर्जे का यात्रा खर्च-लेने का अधिकारी हूं, इसलिए मैंने पहले दर्जे के हिसाब से बिल भेज दिया। किसी ने दफ्तर में शिकायत कर दी कि मैंने यात्रा दूसरे दर्जे में की है और बिल पहले दर्जे का दिया है। बात सच भी थी। मेरे दफ्तर के उच्चाधिकारियों ने इस बात की जांच की और अब मेरे विरुद्ध पूछताछ हो रही है।

जिस दिन से मेरे ख़िलाफ़ शिकायत हुई है उसी दिन से मेरी सारी तकलीफें भी शुरू हुई हैं। इससे पहले घुटनों में मामूली सा दर्द रहता था लेकिन अब वही इतना बढ़ गया है कि मैं चल-फिर भी नहीं पाता।''

कुछ दिन हुए मुझे श्रीमती 'प' का इलाज करने के लिए बुलाया गया। उन्हें कुछ घंटे बाद सांस बंद होने के दौरे पड़ रहे थे। जब उसे दौरा पड़ता तो एक लंबी सांस लेने के बाद उसकी सांस बंद हो जाती, हाथ मुड़ जाते, मछली की तरह तड़पती, शरीर नीला हो जाता और आंखें पथरा जातीं।

मैंने भली-भांति जांच की। शरीर के किसी भाग में कोई नुक्स नहीं था। फेफड़े और दिल बिल्कुल ठीक थे। मैंने बेचैनी दूर करने के लिए दवाई दी तो कुछ समय के लिए वह बिल्कुल ठीक हो गई। उसकी छाती के अनेक टेस्ट कराए लेकिन उसमें कोई रोग न निकला।

दरअसल उसका रोग चिन्ता थी। पूछताछ करने पर पता चला कि वह लगभग सत्रह-अठारह साल से विधवा थी व अकेली थी। अब उसकी आयु 37-38 वर्ष थी, जब कभी उसे भविष्य को लेकर चिन्ता होती, ये दौरे पड़ने शुरू हो जाते।

हमारे अनेक पाठक यह सोचेंगे कि चिन्ता करने वाले लोगों में कोई न कोई प्राकृतिक कमी होगी, जिससे उनमें यह प्रवृत्ति आ जाती है। यह विचार एकदम गलत है। चिंतित अथवा परेशान वालों में किसी तरह की कमज़ोरी नहीं होती बल्कि उनकी चिन्ता के मूल में वह तनावपूर्ण वातावरण है, जिसमें हम रहते हैं। संवेदनशील एवं विवेकवान् व्यक्ति में अनुभव की क्षमता एवं गहराई अधिक होती है, तभी वे चिन्ता का शिकार हो जाते हैं।

5

चिन्ता से छुटकारा कैसे पाएं

पिछले अध्यायों में यह बताया जा चुका है कि किसी कार्य को सीखने के लिए यह आवश्यक नहीं कि उसे सीखने की इच्छा भी हो। किसी भी काम को करते-करते, उसे हम सीख जाते हैं। सीखने के लिए केवल अभ्यास की आवश्यकता है। इसी प्रकार चिंतित रहने के लिए यह आवश्यक नहीं कि ऐसी हमारी इच्छा भी हो; केवल निरन्तर चिंतित रहने से हम चिन्ता के आदी हो जाते हैं। इससे यह सिद्ध हुआ कि यदि हमें चिन्ता से छुटकारा पाना है तो हम प्रयास करके चिन्ता करने का अभ्यास छोड़ दें।

यदि हम कोई काम करना छोड़ दें तो समय के साथ-साथ हम उसे भूल जाते हैं। उदाहरण के लिए यदि कोई व्यक्ति अच्छा हारमोनियम बजाता है, किसी कारणवश वह हारमोनियम बजाना छोड़ दे तो वह धीरे-धीरे यह काम भूल जाएगा। वह कितना और कितने समय में भूलता है, यह इस बात पर निर्भर है कि वह उसका अभ्यास कितना कम करता है। यही नियम चिन्ता पर भी लागू होता है।

चिंतित व्यक्ति स्वस्थ कैसे हो सकता है

स्वस्थ जीवन केवल अच्छे भावों व आवेगों का ही दूसरा नाम है। यदि हम आरोग्यता चाहते हैं तो हमें अपने भीतर अच्छे व सकारात्मक भावों को प्रेरित करना चाहिए। हमें स्वस्थ रहने के लिए यह सदैव याद रखना चाहिए कि मनोविज्ञान के अनुसार हमारा जीवन वैसा ही बन जाता है जैसी हमारी भावनाएं होती हैं।

आधुनिक जीवन में घृणा, क्रोध, द्वेष, निराशा, स्पर्श इत्यादि नकारात्मक भावनाओं की प्रबल उपस्थिति है, जो प्रायः मनुष्य को तनाव व चिन्ता ग्रस्त करते हैं। चिन्ता-मुक्त होने के लिए आवश्यक है कि हम जानबूझ कर यह प्रयास करें कि हमारे भीतर आशावादी, सकारात्मक व प्रेरणादायक भाव व विचार रहें।

यह एक कठिन प्रयास है। चिंतित व्यक्ति अक्सर यही कहते हैं "मुझसे चिन्ता नहीं छोड़ी जाती। मैं बहुत कोशिश करता हूं किन्तु वह मेरा पीछा नहीं छोड़ती।" यह बात ठीक भी है लेकिन एक बात निश्चित है कि प्रत्येक मनुष्य अपने भीतर बुरे के स्थान पर अच्छे भाव व विचार लाना सीख सकता है। पुस्तक के दूसरे भाग में हम विस्तार से बताएंगे कि यह किस प्रकार किया जाए।

चिंतित व्यक्ति को केवल अपने दुखों का कारण जानने की आवश्यकता है

डा. एच. एल. होलिंगबर्थ के अनुसार, "चिंतित व्यक्ति को सिर्फ अपनी तकलीफ़ों का कारण जानने की आवश्यकता है। उसको बहुत साफ व स्पष्ट शब्दों में उसकी शारीरिक तकलीफ़ों का कारण पता नहीं चलता, जिनसे वह डरता है। परन्तु जब उसे कारण समझ आता है तो उसके सारे भय दूर हो जाते हैं, और वह स्वयं ही स्वस्थ हो जाता है।"

फ्लोरिंस स्कोवल अपनी पुस्तक 'द गैम्बल ऑफ लाइफ एंड हाउ टू प्ले इट' में भय के विषय में लिखते हैं;

"भय आपकी आंखों के समक्ष वह दृश्य स्पष्ट कर देता है, जिसको देखने से आप डरते हैं। शेर अपनी निर्भयता व खूंखारी आपके भय से ही प्राप्त करता है। शेर की ओर निडर होकर जाओ, वह भाग जाएगा। परन्तु यदि आप उससे भागेंगे तो वह आपके पीछे भागेगा।"

आगामी पृष्ठों में हम चिंतित मनुष्य की तकलीफों, उनके कारण व निवारण पर विचार करेंगे, जिसे पढ़ कर आप चिन्ता एवं तनाव से मुक्त हो, एक आनन्दपूर्ण जीवन व्यतीत कर सकते हैं।

अध्याय पांच की स्मरण रखने योग्य बातें

- निरंतर चिन्ता करते रहना ही चिन्ता का आदी बनाता है।
- निरंतर चिन्ता करते रहना चिन्ता-मुक्त होने में सबसे बड़ी बाधा है।
- सकारात्मक विचार ही सकारात्मक जीवन है। मनुष्य अच्छे विचार, आशावादी भाव रखना सीख सकतां है।
- यदि चिंतित मनुष्य को उसकी तकलीफ़ों के कारण का ज्ञान हो जाए, तो उसका बहुत सा कष्ट मिट जाता है।

□□□

6

सदैव दूसरों के सामने दुखों का रोना चिन्ता बढ़ाता है

हम परस्पर जो बातचीत करते हैं उसके दो भाग होते हैं, पहला लोगों से बातें करना, अर्थात् स्वयं बोलना और दूसरा लोगों की बातें सुनना। इन दोनों बातों का चिंतित व्यक्ति पर बहुत प्रभाव पड़ता है।

अनेक लोग सदा अपने दुखों का ही रोना रोते रहते हैं। अधिकांश लोगों का मानना है कि अपने दुख दूसरों को बताने से दिल का बोझ हल्का हो जाता है। यह एक हद तक सही भी है, लेकिन यदि व्यक्ति हर समय अपना ही दुखड़ा रोता रहे तो यह उचित नहीं। उदाहरण के लिए यदि एक स्त्री के युवा बेटे की मृत्यु हो जाए तो वह चुपचाप उदास बैठी रहती है और यदि कोई उससे बात करे तो वह हर बात के उत्तर में अपने बेटे की ही बात करती है, ये बातें उसके हृदय में धीरे-धीरे निराशा व दुख भरे विचारों को जन्म देने लगती है।

केवल किसी विश्वसनीय व्यक्ति अथवा अच्छे मित्र से अपना दुख जब-तब बांट लेना तो अच्छा रहता है लेकिन हमेशा वही राग अलापना बुरे विचारों को जन्म देता है।

चिंतित व्यक्ति यदि डाक्टर के पास सलाह के लिए जाए तो उसे एक बार ही सारी बात विस्तारपूर्वक बता देनी चाहिए। बार-बार बताने का कोई लाभ नहीं क्योंकि डाक्टर को एक ही बार बताई गई बात याद रहती है।

मनुष्य जैसा सोचता है वैसा ही बन जाता है। चिंतित व्यक्ति सदा निराशाजनक विचारों से पूर्ण रहता है, अतः उसके पूरे व्यक्तित्व में एक उदासी व निराशा घर कर जाती है, जो जीवन में सफलता प्राप्त करने में भी

बाधक होती है। अत: चिंतित मनुष्य को यह दृढ़ निश्चय कर लेना चाहिए कि वह अच्छी बातें सोचेगा, लोगों से सकारात्मक बातें करेगा तथा जो भी काम करेगा खुशी व शांति से करेगा।

मित्रों व संबंधियों के कथन भी चिन्ताग्रस्त मनुष्य को बहुत प्रभावित करते हैं। प्राय: किसी भी चिन्ताग्रस्त व्यक्ति को देखकर उसके मित्र व रिश्तेदार हमदर्दी जताने के लिए इसी लहज़े में सवाल करते हैं, "अरे यार! तुम्हें क्या हो गया है? तुम दिनोदिन कमज़ोर होते जा रहे हो?" चिन्ताग्रस्त व्यक्ति को चाहिए कि यदि कोई पूछे कि उसका क्या हाल है, तो वह यही कहे "अच्छा है।"

वह अपने सगे-संबंधियों से स्पष्ट कह दे कि उसके दुख के बारे में बार-बार न पूछें।

अध्याय छ: की स्मरण रखने योग्य बातें

- सदैव अपने दुखों का राग न अलापें। दूसरों से हमेशा अपना दुखड़ा कहते रहना चिन्ता करने का अभ्यास है।
- चिन्ताग्रस्त व्यक्ति को कभी भी यह न कहें, "अरे यार, तुम बहुत कमज़ोर लग रहे हो।"
- यदि आपसे कोई हाल-चाल पूछे तो हमेशा जवाब दें, "अच्छा है, बहुत अच्छा।" यह एक प्रकार से आप स्वयं को ही बताते हैं।
- चिंतित व तनावग्रस्त व्यक्ति से निराशाजनक बातें कभी न करें।

❑❑❑

7

चिंतित व्यक्ति के भय

भय चिन्ता का मूल है। चिंतित व्यक्ति के भय दो प्रकार के होते हैं; पहला ऐसे भय, जिनका कारण वह जानता है। और दूसरा ऐसे भय, जिनके कारणों से वह अनभिज्ञ है। ये दोनों परस्पर संबंधित हैं। दूसरे प्रकार के भय का स्रोत पहले प्रकार के भय होते हैं। प्रथम प्रकार के भय किसी न किसी मात्रा में लगभग हर मनुष्य में होते हैं लेकिन इन्हीं की अधिकता से मनुष्य चिंतित रहने लगता है।

प्रथम प्रकार के भय

स्वास्थ्य, कारोबार, रोग, प्रतिष्ठा हानि आदि का भय। यदि किसी व्यक्ति की पत्नी अथवा बच्चा बीमार हो जाए तो स्वाभाविक है कि वह फ़िक्र करेगा। ऐसी चिन्ता गृहस्थ के लिए स्वाभाविक ही है। ये भय एक तरह से लाभप्रद होते हैं क्योंकि यह व्यक्ति को आगामी संकटों का सामना करने के लिए तैयार करता है।

भय मनुष्य की लगाम भी है। बुरे कार्यों के बुरे परिणामों से भयभीत व्यक्ति उन कार्यों को नहीं करता। इस प्रकार भय कुछ सीमा तक मनुष्य के लिए लाभदायक होता है। किन्तु यदि व्यक्ति को निरन्तर भय व चिन्ता सताती रहे, तो वे दूसरे प्रकार के भयों को जन्म देती हैं, जो हानिकारक हैं।

दूसरे प्रकार के भय

बाहर निकलने का, अकेले रहने, बस या गाड़ी में यात्रा करने पशुओं का, पागल हो जाने का भय होना। इसके अतिरिक्त और भी अनेक प्रकार के भय हैं, जो एक कुशल चिंतित व्यक्ति को ग्रस लेते हैं।

इस प्रकार के भय अपेक्षाकृत अधिक हानिकारक एवं भयानक होते हैं। उदाहरण के लिए, हृदय रोग का भय डाक्टर के बार-बार भरोसा दिलाने पर भी नहीं जाता। चिंतित व्यक्ति को समझ नहीं आता कि वह इतना डरता क्यों है। वह समझने लगता है कि अवश्य उसी में कोई कमज़ोरी आ गई है। इस भय के कारण उसमें हीनता का भाव आ जाता है और वह अपने भय को छिपाकर रखता है। जिन मरीज़ों को दिल की बीमारी का भय होता है वे प्रायः चारपाई से नहीं हिलते। उनके मन में उनका हृदय बहुत कमजोर है और यदि वे चलेंगे-फिरेंगे तो हार्टफेल हो जाएगा। किन्तु जब उनसे व्यायाम कराया जाता है, तो उन्हें कुछ नहीं होता, तब वे बहुत आश्चर्य चकित होते हैं।

इन भयों से ग्रस्त व्यक्ति छोटो से छोटी कठिनाई आने पर घबरा जाता है। अतः जो लोग ऐसे भयों से आक्रांत हैं, उन्हें हम सुझाव देंगे कि स्वयं को दूसरों से हीन न समझें। ये भय मनुष्य के भीतर किसी शारीरिक अथवा मानसिक कमजोरी का परिणाम नहीं होते। जो व्यक्ति लगातार दुख, फिक्र व चिन्ता में डूबा रहता है, उसका हृदय इन भयों का शिकार हो जाता है। आपको जानकर आश्चर्य होगा कि विश्व प्रसिद्ध मनोवैज्ञानिक सिगमंड फ्रॉयड भी निम्नलिखित भयों का शिकार हो गए थे: खुली जगह पर घूमने, गाड़ी में यात्रा करने व दिल तथा पेट के रोग होने का भय।

जर्मनी का प्रसिद्ध तानाशाह एडोल्फ हिटलर, जिसके नाम से सारा संसार कांपता था, स्वयं भयाक्रांत था। वह सारी-सारी रात जागता रहता और प्रातः पांच बजे के बाद उसे थोड़ी बहुत नींद आती थी।

अमेरिका के प्रसिद्ध राष्ट्रपति इब्राहम लिंकन की पहली पत्नी का जब देहांत हुआ तब उनकी आयु 25 वर्ष थी। इस हादसे से उन्हें इतना सदमा पहुंचा कि उनका नर्वस ब्रेक डाउन हो गया। उन्हें निराशा के गंभीर दौरे पड़ते रहे।

मनुष्य डरना कैसे सीखता है

डाक्टर जॉन वी वाट्सन ने यह सिद्ध कर दिया है कि जन्म से प्रत्येक मनुष्य भय से मुक्त है। भयभीत होना मनुष्य अपने जीवन में सीखता है। डा. वॉट्सन ने हॉपकिन हॉस्पिटल में एलबर्ट नामक बच्चे पर अनेक प्रयोग किए और इस निष्कर्ष पर पहुंचे कि जन्म से बच्चा केवल दो चीज़ों से डरता है; ऊंची वा सख्त आवाज़ से एवं सहारे के छूट जाने से।

रूस के प्रसिद्ध मनोवैज्ञानिक पावलोव का एक प्रयोग है जिसे 'कंडीशन्स रिसपांस' कहते हैं। पावलोव के इस प्रयोग से डॉ. वाट्सन ने सिद्ध किया कि बच्चे जानवरों से डरना कैसे सीख जाते हैं।

जब एलबर्ट अपने खिलौनों से खेल रहा था तो डॉ॰ वाटसन ने एक सफेद रंग का चूहा वहां छोड़ दिया। बच्चे ने चूहे को छूने का प्रयास किया, जब उसने चूहे को छुआ तो वाट्सन ने घड़ियाल बजा दिया। घड़ियाल के ऊंचे शोर से बच्चा डर गया। वॉट्सन ने इस क्रिया को बार-बार दोहराया। थोड़ी देर बाद, बच्चे का यह हाल हो गया कि जैसे ही चूहा उसके आगे छोड़ा जाता, वह डर से चिल्लाने लगता, चाहे घड़ियाल बजे या न बजे। इस तरह एलबर्ट चूहे से डरना सीख गया। इस प्रकार के भय को हम सीखा हुआ अर्थात् **(Conditioned)** भय कहते हैं।

इसके बाद वाट्सन ने देखा कि वह बच्चा चूहे जैसी हर चीज़ से डरने लगा है। वह फरकोट और रूई के गोलों से भी डरने लगा। जिस चीज़ में भी चूहे से कोई समानता होती, एलबर्ट उससे डरता। वॉटसन ने ऐसे डर को भय का फैलाव (Diffusion of Fear) कहा।

'भय का विस्तार' प्रत्येक मनुष्य में होता है। हम ऐसी अनेक चीज़ों अथवा प्राणियों से डरते हैं जिनके संपर्क में हम कभी नहीं आए। शेर के वास्तविक व्यवहार का अनुभव बहुत कम लोगों को होता है, किन्तु उससे प्रत्येक मनुष्य डरता है।

हमारे रोज़मर्रा के जीवन में भय कैसे उत्पन्न हो जाते हैं, यह निम्नलिखित घटना से स्पष्ट हो जाएगा:

एक मनोवैज्ञानिक का बच्चा कैंची से खेलने का शौकीन था। मां के बहुत मना करने पर भी बच्चा नहीं माना। मनोवैज्ञानिक ने उसे स्टील की कैंची को दो तारों से जोड़ा और तारों के दूसरे छोर पर बैट्री के सैल लगा दिए। जब बच्चे ने कैंची को हाथ लगाया तो उसे हल्का सा करंट लगा। उसके बाद बच्चे ने कैंची को कभी हाथ न लगाया। लेकिन यह प्रयोग करते हुए मनोवैज्ञानिक ने 'भय के विस्तार' को मद्देनज़र न रखा। उसका परिणाम यह हुआ कि अब स्टील की कैंची के चमकते हुए सफेद रंग वाली हर चीज़ से बच्चा डरने लगा-यहां तक कि चांदी के बर्तनों से भी।

इस प्रकार अनजाने ही कई ऐसे भय मनुष्य के दिल में घर कर जाते हैं जिनका उसे स्वयं भी पता नहीं चलता।

चिन्ता से भय उत्पन्न होते हैं

हर समय चिन्ता मग्न रहने से भी मनुष्य के हृदय में बुरे आवेग उत्पन्न होते हैं। इस तरह यदि थोड़ा सा संकट भी आ जाए, तो वह व्यक्ति डर से कांप जाता है। उसका दिल जोर-जोर से धड़कने लगता है, सांस लेने में कठिनाई होती है। दिल जोर से धड़कने की अनुभूति चूंकि पहली बार होती है, इसलिए उस व्यक्ति को लगता है कि अवश्य उसे दिल की बीमारी है। अब उसका ध्यान प्रमुख चिन्ता से हट कर इस भय पर केन्द्रित हो जाता है कि कहीं उसे दिल की बीमारी तो नहीं। फिर वह भय अन्य शारीरिक लक्षण पैदा करता है, जैसे चक्कर आना, नींद न आना इत्यादि। इस प्रकार चिन्ता व उससे जनित कष्टों का दुष्चक्र चलता रहता है

जब एक बार चिंतित व्यक्ति अपने भीतर हड़बड़ाहट की स्थिति अनुभव कर लेता है, तो फिर उसे अनेक प्रकार के भय खुद-ब-खुद घेर लेते हैं। अतः आवश्यक है कि व्यक्ति सर्वप्रथम अपने भय के कारणों को जाने, तभी वह अपनी चिन्ता के निवारण के मार्ग की ओर अग्रसर हो सकता है।

अध्याय सात की स्मरण रखने योग्य बातें

- मनुष्य डरना सीखता है।
- भय दो प्रकार के हैं: प्रथम प्रकार के भय कुछ सीमा तक मनुष्य को अनिश्चित आगामी भविष्य के लिए तैयार करते हैं किन्तु दूसरे प्रकार के भय अकारण होते हैं।
- इस प्रकार के भयों में निरंतर डूबे रहना स्वास्थ्य के लिए हानिकारक होता है।
- चिन्ता छोड़ने से भय स्वतः दूर हो जाते हैं।

❑❑❑

8

चिंतित व्यक्ति की थकान

चिंतित व्यक्ति थोड़ा सा काम करने से ही थक जाता है। ऐसा लगता है मानो उसकी टांगों में जान ही न हो। प्राय: ऐसी थकान वह सुबह सोकर उठने के बाद अनुभव करता है। जिससे यह सिद्ध होता है कि उसकी थकान शारीरिक कम मानसिक अधिक है।

स्पष्ट है कि चिंतित व्यक्ति की थकान का कारण चिन्ता से उत्पन्न बुरे आवेग ही होते हैं। बुरे आवेगों से रक्त में शक्कर की मात्रा बढ़ जाती है। यही शक्कर सारे शरीर की शक्ति होती है। चिन्ता व तनाव के कारण शरीर के अंग तीव्रता से काम करते हैं और साधारण से अधिक मात्रा में शक्कर की मांग करते हैं जिससे मनुष्य की ऊर्जा व्यर्थ ही खर्च हो जाती है और वह बिना कुछ किए थकान अनुभव करने लगता है अर्थात् अधिक चिन्ता = अधिक थकान, कम चिन्ता = कम थकान।

अत: यदि हम अपनी शक्ति को अपनी सफलता के लिए ठीक प्रकार से प्रयोग करना चाहते हैं, तो हमें चिन्ता करनी छोड़ देनी चाहिए। जब हम किसी प्रकार के तनाव से ग्रस्त होते हैं तो हमारे शरीर में एक खिंचाव रहता है, जो हमारी ऊर्जा का बहुत सा भाग व्यय कर देता है। यही कारण है कि यदि काम न भी करें, तो भी चिन्ताग्रस्त रहने पर हमें सदा थकान महसूस होती रहती है।

इंग्लैंड के प्रसिद्ध मनोचिकित्सक डा॰ जे॰ ए॰ हैडफील्ड अपनी पुस्तक, **'The Psychology of Power'** में लिखते हैं, ''मनुष्य की थकान प्राय: उसके मस्तिष्क से उत्पन्न होती है, केवल शारीरिक श्रम से थकान कभी नहीं उत्पन्न होती।''

डा॰ डैनियल जोसेलिन कहते हैं, ''मैं अपने काम की सफलता का अनुमान इस बात से नहीं लगाता कि दिन के अंत में मैं कितना थका हुआ हूं, बल्कि इस बात से लगाता हूं कि मैं कितना कम थका हूं।''

अत: यह बात ध्यान देने योग्य है कि यदि आपकी थकान आराम करने या सोने के बाद भी खत्म नहीं होती, तो इसका शत-प्रतिशत कारण चिन्ता एवं मानसिक तनाव है।

गृहिणियों की थकान

अनेक स्त्रियां प्रात: सोकर उठने के बाद भी थकान अनुभव करती हैं। जैसे-तैसे गृह-कार्य निपटा कर वे आराम करने के अवसर ढूंढती रहती हैं। आश्चर्य की बात यह है कि प्राय: ऐसी स्त्रियों को कोई विशेष दुख या कष्ट नहीं होता। उनका वैवाहिक जीवन भी सुखद ही होता है। ऐसी थकान एक घुन है जो स्त्री को भीतर ही भीतर खाती चली जाती है और सुखद जीवन को कष्टदायक बना देती है।

ज़ाहिर है, ऐसी थकान का मूल होता है मानसिक तनाव। स्त्रियों के तनाव के दो प्रमुख कारण होते हैं: चिन्ता व ऊब।

चिन्ता: दिन के आरम्भ होते ही स्त्रियों को घर के काम की चिन्ता घेर लेती है। रात को सोते हुए भी गृहिणी को चिन्ता रहती है कि कहीं बच्चों को ठंड न लग जाए, या वे ठीक से सो रहे हैं अथवा नहीं। इसीलिए वह बार-बार उन्हें जाकर देखती रहती है। यदि गृहिणियां छोटी-छोटी बातों पर सिर खपाई न करें तो वे अपनी थकान काफ़ी हद तक कम कर सकती हैं।

ऊब: एक ही कार्य को हर रोज़ एक ही ढंग से करते रहने के कारण मन ऊब जाता है और फिर व्यक्ति रोजमर्रा के छोटे-छोटे काम करने में भी कठिनाई अनुभव करता है। गृहिण्यिों के साथ भी यही होता है। अनेक महिलाएं घर का काम काज करने को हीन समझती हैं और जब उन्हें यही काम करना पड़ता है तो वे जल्द ही थक जाती हैं क्योंकि दरअसल उनका मन उस काम में नहीं लगता। गृहिणियां अपनी इस थकान को दूर करने के लिए निम्नलिखित उपाय कर सकती हैं:

- घर के वातावरण को भलीभांति सम्झ कर उसे प्रसन्नतापूर्वक स्वीकारें तथा व्यवस्थित होने का प्रयास करें।
- बच्चों की व्यर्थ चिन्ता अथवा अत्यधिक सफाई का ख्याल न करें।
- घर का काम करने में हीन भावना नहीं होनी चाहिए। उस काम को प्यार व उत्साह से करना चाहिए।

- घर के सभी कार्यों को क्रमशः एक-एक करके संपन्न करना चाहिए। सभी कामों में एक साथ ध्यान देने से तनाव उत्पन्न होता है।
- यदि आपका दिल ऊब गया है तो अपनी इच्छानुसार उसमें रुचि व नयापन उत्पन्न करें।
- घर की सजावट के लिए नई-नई चीजें सोचें। उसी प्रकार भोजन पकाने में भी नए-नए प्रकार के भोजन बनाने का प्रयास करें। इससे काम की एकरसता में कमी आएगी।
- यदि घर में बच्चों से, पति से अथवा स्वयं से ही कोई काम बिगड़ जाए तो उस ओर अधिक ध्यान न दें। गलतियां हर किसी से होती रहती हैं। सबसे अच्छा उपाय है, माफ़ करें और भूल जाएं।
- दिन में तीन चार बार शरीर को आराम दें।
- अपनी साज-सज्जा पर भी उचित ध्यान देना आवश्यक है। इससे आपका व्यक्तित्व तो आकर्षक बनेगा ही, आप जीवन की अन्य उबाऊ बातों की ओर ध्यान भी नहीं देंगी।
- स्वयं को सदा किसी सृजनात्मक कार्य में व्यस्त रखें – जैसे बागवानी, कढ़ाई, पढ़ना इत्यादि जो भी आपकी रुचि का हो। क्योंकि खाली बैठने से हृदय व्यर्थ की चिन्ताओं के प्रति अधिक आकर्षित होता है।

❑❑❑

9

चिन्ता और पाचन शक्ति

मनुष्य की मानसिक अवस्था एवं उसकी पाचन शक्ति में बाल्यावस्था से ही प्रगाढ़ संबंध होता है। यदि कोई बालक देर तक रोता रहे तो वह दूध उलट देता है। कुछ लोग न सिर्फ शाकाहारी होते है बल्कि मांस से घृणा भी करते हैं। ऐसे मनुष्य को यदि भोजन के बाद पता चले कि उसने गलती से मांस का शोरबा खा लिया है तो उसे तुरंत उल्टी आ जाती है।

चिंतित व्यक्ति को भूख बहुत कम लगती है। कारण स्पष्ट है। खाली पेट में भूख की तरंगें उत्पन्न होती हैं। ये लहरें प्रायः प्रातः काल व रात्रि को अधिक प्रबल होती हैं। यदि मनुष्य चिन्ता ग्रस्त हो तो उसका पेट कस जाता है और कसे हुए पेट में भूख की तरंगें उत्पन्न नहीं होतीं। चिन्ता का निवारण होने पर पेट ढीला पड़ता है तो उसे पुनः भूख लगती है।

चिंतित मनुष्य का मस्तिष्क अनेक प्रकार की चिन्ताओं पर इतना केन्द्रित रहता है कि भोजन में उसकी रुचि कम हो जाती है। खाने में स्वाद ही नहीं आता। यदि उसका पेट खराब हो जाए तो वह और भी चिंतित हो जाता है।

कुछ लोग कहते हैं कि अमुक चीज़ खाने से उनका पेट खराब हो जाता है, अतः वे उसे नहीं खाएंगे। ऐसे डर को हम भोजन का भय कहते हैं। जब कभी वह व्यक्ति ऐसी चीज़ खा लेता है, तो उसके पेट में दर्द होने लगता है। दर्द वास्तविक है किन्तु उसका कारण भय है।

मान लें कि एक व्यक्ति को शलजम खाने से एक बार पेट में दर्द हो जाता है। अब वह जब भी शलजम खाएगा तो उसे इस पेट दर्द का अवश्य ख्याल आएगा। यदि वह डरते-डरते भी शलजम खाएगा तो उसका पूरा ध्यान अपने पेट पर चला चाएगा, जिससे वह पेट में कुछ तरंगें सी महसूस करेगा। नतीजन वह घबरा जाएगा। घबराहट से उसके पेट में कसाव पैदा होगा। कुछ

समय बाद इस घबराहट के बढ़ने से उसकी अंतड़ियां सिकुड़ जाएंगी और इससे उसके पेट में दर्द होने लगेगा।

अनेक डाक्टरों का विचार है कि निरंतर चिन्ता करने से पेट में अल्सर होने की संभावना भी होती है। और चिन्ता किसी रोग से उबरने में बाधक भी सिद्ध होती है।

डॉ हरचरण सिंह **"Current Medical Practice, Nov, 1995"** में लिखते हैं, वी. जे. अस्पताल, अमृतसर में पेट की बीमारियों के विभाग में जो 332 रोगी आए, उनमें से 101 रोगियों के पेट की बीमारी का कारण चिन्ता थी।"

दिल की भांति पेट व अंतड़ियों पर भी भय, फ़िक्र व तनाव का बुरा प्रभाव होता है। परीक्षा अथवा इंटरव्यू से पूर्व बार-बार पेशाब आना या पेट में दर्द होना इस बात का एक सामान्य उदाहरण है।

अमेरिका के प्रसिद्ध मनोवैज्ञानिक, डाक्टर चैपल ने अपने एक केस के बारे में बताया, "श्री 'एम' की आयु 55 वर्ष थी। वह स्कॉटलैंड का निवासी था। उसे हर समय पेट में दर्द व वायु की शिकायत रहती। डाक्टरों ने समझा कि उसके पेट में अल्सर है अतः उसका दो बार ऑपरेशन किया गया। ऑपरेशन से स्पष्ट हो गया कि उसके पेट में कोई अल्सर नहीं। जब किसी दवाई से उसे आराम न आया, तो वह मेरे पास आया। उसे यह रोग बीस वर्षों से था और उसके कष्टों के मूल में बुरी भावनाएं थीं। उसे प्रत्येक चीज़ से घृणा थी। कारण, उसकी पहली पत्नी ने उसे तलाक दे दिया था। उसकी दूसरी शादी भी हो गई किन्तु उसके हृदय में अपनी पहली पत्नी के लिए क्रोध व घृणा की भावना खत्म न हुई बल्कि धीमे-धीमे सुलगती रही। इसीलिए वह 20 वर्षों से बीमार था। जब मैंने उसे यह बात समझाई तो पहले तो उसने इसे मज़ाक समझा लेकिन जब उसने मेरे परामर्श के अनुसार हृदय में सकारात्मक एवं आशावादी विचारों का संचार किया तो वह धीरे-धीरे स्वस्थ हो गया और सभी कुछ खाने-पीने लगा।

अध्याय नौ की स्मरण रखने योग्य बातें

- चिन्ता पेट व पाचनशक्ति को खराब करती है।
- भय, चिन्ता व तनाव से पेट में अल्सर होने की संभावना रहती है।
- चिन्ता से पेट दर्द भी हो सकता है।

□□□

10

चिन्ता व काम-रुचि

विश्व के प्रसिद्ध मनोवैज्ञानिक फ्रॉयड के अनुसार काम (सेक्स) मनुष्य की चिन्ता का प्रमुख कारण है। चिंतित व्यक्ति की काम-रुचि में जो बदलाव आते हैं, उन्हें समझना कठिन बात नहीं। ऐसी स्थिति में बहुत से लोगों की काम रुचि कम हो जाती है तो कुछ में बिल्कुल खत्म हो जाती है।

अमृतसर के बी. जे. अस्पताल के मनोरोग चिकित्सक डाक्टर जसवंत सिंह ने एक मरीज़ के बारे में बतलाया।

" 'एच' एक 32 वर्षीय युवक था। जब वह मेरे पास आया तो धीमे स्वर में उसने बताया कि उसका दिल जोर-जोर से धड़कता है और पेशाब बार-बार आता है। फिर वह आंखें नीची करके बैठ गया। बहुत पूछने पर उसने बताया कि किशोरावस्था में हस्तमैथुन करने का नतीजा वह अब अपने वैवाहिक जीवन में भोग रहा था। वह पत्नी को काम-सुख नहीं दे पा रहा था। अत: पत्नी भी मायके चली गई थी।

यह पूछने पर कि उसे कैसे पता कि यह हस्तमैथुन का ही बुरा परिणाम है। उसने बताया कि उसका मामा एक हकीम है, उसी ने यह बताया है। यह बात उसके हमउम्र मामा ने विवाह से पहले ही बता दी थी इसीलिए 'एच' विवाह नहीं करना चाहता था। लेकिन उसके परिवार वालों ने ज़बरदस्ती विवाह करा दिया। अब उसे अपनी पत्नी के पास जाने में भी घबराहट होती थी।

मैंने उसे कई बार विभिन्न तरीके से समझा कर आश्वस्त किया कि हस्तमैथुन पुरुष में कोई दुर्बलता नहीं लाता। यह उसके मन का भ्रम है। वह बिल्कुल स्वस्थ है और सक्षम भी। धीरे-धीरे उसमें आत्मविश्वास आया और

एक माह बाद जब वह मुझसे मिलने आया तो खुश था और उसका वैवाहिक जीवन भी सुखद हो गया था।''

भय और चिन्ता आत्म-विश्वास में कमी ला देते हैं जिससे काम-व्यवहार व काम-रुचि में परिवर्तन आता है।

डाक्टर जसवंत ने एक ऐसे ही केस के बारे में बतलाया, ''रोगी की आयु लगभग 30 वर्ष थी। वह अच्छा, स्वस्थ युवक था। वह मेरे पास कमर दर्द की शिकायत लेकर आया। बातों-बातों में पता चला कि चार-पांच महीने पहले ही उसकी शादी तय हुई है और बस तभी से उसकी कमर में भयानक दर्द शुरू हो गया। दोस्ताना बातचीत आगे बढ़ी तो दो-चार दिन बाद उसने मेरे सामने अपनी चिन्ताएं खोलीं। उसे चिन्ता थी कि वह अपनी पत्नी को शारीरिक तौर पर संतुष्ट कर पाएगा या नहीं। उसे स्वयं पर विश्वास नहीं था। आत्म-विश्वास की कमी व अनिश्चय की स्थिति से उसका मस्तिष्क तनाव व चिन्ता से परिपूर्ण था इसीलिए वह सो भी नहीं पाता था। मैं उसके कष्टों का मूल कारण समझ गया। मैंने उसे बार-बार यह सुझाव दिया कि वह बिल्कुल स्वस्थ है, काम व संभोग के लिए न तो वह प्रयत्न करे न ही चिंतित हो। वह एक प्राकृतिक क्रिया है जिसे स्वत: होने देना चाहिए। संभोग करते हुए आवश्यक है कि वह मानसिक रूप से शिथिल रहे। उसे चिंतित रहने की तो कोई वजह भी नहीं है, क्योंकि वह पूर्णत: स्वस्थ है।

वह युवक न केवल कमर-दर्द से मुक्त हो गया बल्कि उसका वैवाहिक जीवन भी सुखद रहा।'' चिंतित व्यक्ति में काम-बल कम होने के दो कारण होते हैं; थकान व बुरे विचार।

अंग्रेज़ी में यह कहावत प्रसिद्ध है कि **"sex liue in your mind"** अर्थात् काम हमारे मस्तिष्क में निवास करता है। अत: संभोग के लिए आवश्यक है कि हमारा मस्तिष्क काम विचारों से उत्तेजित हो। लेकिन यदि व्यक्ति चिन्ता व दुख के बारे में ही सोच रहा है तो वह उत्तेजित ही नहीं होगा, अत: संभोग नहीं कर पाएगा।

यह बातें समझ लेने के बाद चिंतित व्यक्ति को काम-रुचि के कम हो जाने के विषय में कोई चिन्ता नहीं करनी चाहिए, क्योंकि काम-रुचि कम हो जाने की चिन्ता ही काम-रुचि को घटा देती है।

अध्याय दस की स्मरण रखने योग्य बातें

- चिंतित व्यक्ति की काम-रुचि व काम-बल घट जाने का कारण उसकी चिन्ता ही होती है।
- संभोग की सफलता के लिए दो बातें आवश्यक हैं; सुरुचि व प्रसन्नतापूर्ण विचार।
- काम-बल के घट जाने की चिन्ता ही काम-बल को घटा देती है।
- संभोग में ज्यादा बल का प्रयोग करने से संभोग का संतोष कम होता है। संभोग एक प्राकृतिक क्रिया है उसे शांतिपूर्वक स्वतः होने देना चाहिए।

❑❑❑

11

चिन्ता नींद हर लेती है

आज की भाग-दौड़ व आपाधापी की जिंदगी में अनेक लोगों को अनिद्रा की शिकायत रहती है। इसका सामान्य कारण भय, चिन्ता अथवा तनाव ही होता है। अनिद्रा स्वयं स्वास्थ्य के लिए उतनी हानिकारक नहीं होती जितना कि अनिद्रा की चिन्ता।

अनिद्रा अनेक प्रकार की होती है। कुछ लोगों की शिकायत रहती है कि उन्हें नींद थोड़ी देर के लिए ही आती है। अनेक लोगों की नींद केवल एक हल्की आवाज़ से ही खुल जाती है। कुछ को गहरी नींद आती और सपने बहुत आते हैं। इस प्रकार प्रत्येक मनुष्य की अनिद्रा अलग-अलग तरह की होती है।

हम कैसे सो जाते हैं? इस प्रश्न का ठीक-ठीक उत्तर अभी तक ज्ञात नहीं हो पाया है। बच्चे का जन्म एक गहरी नींद के बाद होता है। जन्म लेने पर पहली बार उसकी नींद खुलती है। वह पहले-पहल दिन में 20-22 घंटे सोता है। जैसे-जैसे बच्चा बड़ा होता है, वैसे वैसे उसकी नींद का समय घटता जाता है। बहरहाल, यह किसी व्यक्ति को नहीं पता चलता कि उसे स्वयं ही नींद कैसे आ जाती है। किस समय सोना है व किस समय जागना है – यह मनुष्य स्वयं सीखता है।

रात को नींद न आने के प्राय: तीन प्रमुख कारण होते हैं: 1. रात में जागने का अभ्यास हो जाना। 2. भय और चिन्ता। 3. सोने के लिए स्वयं को बाध्य करना अथवा प्रयत्न करना।

निम्नलिखित केसों से ये तीनों कारण स्पष्ट हो जाएंगे। डाक्टर पी. ने एक मेडिको-लीगल केस में हेराफेरी की। अब उसको दिन-रात यही डर लगा रहता कि कहीं पुलिस को इस धोखाधड़ी का पता न चल जाए। वह रात

बहुत देर तक इसी चिन्ता में जागता रहता। धीरे-धीरे उसे नींद आनी बिल्कुल खत्म हो गयी और जब तक उसके केस का फैसला नहीं हो गया, तब तक उसकी यही स्थिति रही।

श्री 'ग' एक इंजीनियर थे। उन्होंने एक नए प्रकार का इंजन बनाना आरंभ किया। वे अपने काम में इतना डूब गए कि जब घर जाते तो भी इंजन के विषय में ही सोचते रहते। हर समय उन्हें सिर्फ अपने काम का ही ध्यान रहता। धीरे-धीरे उन्हें सोने के समय भी इसी विचार के रहने से नींद आनी बंद हो गई। वे करवटें बदलते, सोने का लाख प्रयत्न करते किन्तु नींद नदारद रहती। आखिरकार उन्होंने तेज़ नशे की गोलियां लेनी शुरू कर दी। रात को नींद न आने की चिन्ता उन्हें सारा दिन सताती और यही चिन्ता नींद न आने का कारण बन जाती।

डा॰ लिओन जे. सॉल अपनी पुस्तक 'इमोशनल मेच्युरिटी' में लिखते हैं कि व्यक्ति को नींद न आने का वास्तविक अर्थ यह है कि वह किसी संकट अथवा चिन्ता में है। इस संदर्भ में वे निम्नलिखित केस बताते हैं:

एक आदमी मेरे पास अनिद्रा के इलाज के लिए आया। 15-20 दिन पहले ये व्यक्ति बिल्कुल ठीक था लेकिन अब उसे सारी-सारी रात नींद नहीं आती थी। उसका दिल, रक्तचाप, फेफड़े इत्यादि सभी अंग स्वस्थ थे। पूछताछ करने पर ज्ञात हुआ कि एक महीने से उसका अपने भाई से एक टाइपराइटर को लेकर झगड़ा चल रहा है। वह मशीन दरअसल उसकी थी जिसे उसका भाई जबरदस्ती उठा कर ले गया था। अब वह मशीन उसकी प्रतिष्ठा का प्रश्न बन चुकी थी। मैंने उससे पूछा कि जब नींद नहीं आती तो उसके विचार किस ओर जाते हैं, तो उसने स्वीकार किया कि वह टाइप राइटर के बारे में सोचने लगता है। जब उसे समझाया गया कि उसकी अनिद्रा का कारण टाइपराइटर की चिन्ता है, तो उसका रोग स्वतः ठीक हो गया।

कई बार ऐसा भी होता है कि किसी संबंधित व्यक्ति की सहानुभूति अथवा ध्यान आकर्षित करने के लिए मनुष्य जानबूझ कर जागता है। अनेक लोग परिस्थितिवश दिन में सोने व रात को जागने की आदत डाल लेते हैं। उदाहरण के लिए चौकीदार व रेलवे के कई कर्मचारी रात को ड्यूटी देते हैं और दिन में सोते हैं अतः उन्हें रात में नींद नहीं आती। निरंतर अभ्यास से वे रात में जागना सीख जाते हैं।

नींद का कार्य क्या है

काम करने से शरीर की शक्ति व्यय होती है जिसे पुनः प्राप्त करने के लिए शरीर को आराम की आवश्यकता होती है। नींद का उद्देश्य हमें आराम देना ही है। इससे सिद्ध होता है कि हमें दरअसल नींद की नहीं वरन् आराम की ज़रूरत होती है। मनुष्य नींद के बिना भी आराम कर सकता है और कई बार सोने के बाद भी थकान बनी रहती है।

पूर्ण आराम करने से शरीर में उतनी ही ताकत का संचार होता है जितना कि नींद के बाद। चुपचाप शरीर को ढीला छोड़ कर लेटे रहना, सोने के समान ही है। चिंतित व्यक्ति को यही बात समझने की आवश्यकता है। ऐसे व्यक्ति को चाहिए कि रात को सोते वक्त जबरदस्ती सोने का प्रयास न करे, बल्कि स्वयं को ढीला छोड़ कर आराम करे। नींद के लिए वह जितनी कोशिश करेगा, नींद उतना ही दूर भागेगी अतः उसे यह याद रखना चाहिए कि उसके शरीर को नींद मिले या न मिले, आराम अवश्य मिलना चाहिए।

डा० जी कोलकेट केनर के अनुसार, ''नींद मनुष्य के लिए ज़रूरी नहीं, आराम ज़रूरी है। यदि हमें आराम करने का उचित ढंग आ जाए और ये भी विश्वास हो कि मनुष्य के लिए नींद ज़रूरी चीज़ नहीं, तो फिर हम सोए बिना भी सोने जैसा आराम ले सकते हैं।''

क्या अनिद्रा स्वास्थ्य के लिए हानिकारक है

इस प्रश्न का उत्तर पाने के लिए अमेरिका के शहर जॉर्जिया में कई छात्रों को अनेक रातों तक जगा कर रखा गया। इस दौरान इन सभी को बहुत रुचिकर व मनोनुकूल कार्यों में लगाए रखा गया, ताकि उन्हें ऊब न हो। इन छात्रों पर कई दिन व रात लगातार जागने का कोई बुरा प्रभाव न पड़ा।

अनिद्रा का कारण कैसे ज्ञात हो

जिस व्यक्ति को रात में नींद नहीं आती उसे अपने विचारों की ओर ध्यान देना चाहिए। (उस समय, जिस दौरान उसे नींद नहीं आती) इस प्रकार उसे यह मालूम हो सकेगा कि जितना समय वह जागता है, उसको भय, चिन्ता, घृणा आदि के विचार ही आते रहते हैं। यही विचार उसकी अनिद्रा का कारण होते हैं।

यदि आपको नींद नहीं आती

यदि आपको नींद नहीं आती तो, चुपचाप लेटे रहें, इस विचार के साथ कि आज सोना नहीं जागते ही रहना है। सीधे लेटे रहें, करवट न लें। शरीर को ढीला छोड़ दें व बचपन या युवावस्था के कुछ अच्छे क्षण व स्मृतियों के बारे में सोचें। ऐसा करने से आपको स्वत: नींद आ जाएगी और यदि नींद न भी आई तो सुबह आप खुद को तरोताज़ा पाएंगे। इसी प्रक्रिया के निरंतर अभ्यास से आपकी अनिद्रा बिल्कुल दूर हो जाएगी व आप चैन से सो सकेंगे। अनिद्रा से बचने के लिए कुछ अन्य आवश्यक बातें इस प्रकार हैं:

- सदैव शांत व प्रसन्न चित्त हृदय से सोने ज़ाएं, माथे पर चिन्ता की लकीरें नींद की शत्रु होती हैं।
- क्रोध व बेचैनी में न लेटें।
- नींद के पीछे न भागें। जबरदस्ती करने से नींद नहीं आती।

इंग्लैंड के प्रसिद्ध लेखक बैकन ने निद्रा के बारे में एक अच्छी टिप्पणी की थी- "वह बहुत सोता है, जिसे अच्छी या बुरी नींद का ज्ञान नहीं होता"। इसके साथ ही नींद आने के लिए शांत होना अत्यंत आवश्यक है। नींद आने के लिए निम्नलिखित बातें आवश्यक हैं;

- मानसिक शांति
- सुरक्षा की भावना
- शरीर का ढीला होना
- शांत वातावरण।

चिंतित व्यक्ति को चाहिए कि जब वह रात को घर लौटे तो कामकाज के सभी झमेले पीछे छोड़ कर आए। जो लोग रात को भी काम-काज व कारोबार के बारे में सोचते रहते हैं, अनिद्रा उन्हें सरलता से अपना शिकार बना लेती है।

अनिद्रा व शारीरिक श्रम

अनिद्रा का एक अन्य इलाज है शरीर को अत्यधिक थका देना। कड़े परिश्रम से जब शरीर थक कर चूर हो जाता है तो नींद सरलता से आ जाती है। परिश्रम से थका मनुष्य व युद्ध में थके-हारे सिपाही बरसती गोलियों व तोपों के गरजते शोर व मृत्यु के भय के बीच भी सो लेते हैं।

डाक्टर हैनरी सी. लिंक अपनी प्रसिद्ध 'द रीडिस्कवरी ऑफ मैन' में एक ऐसे रोगी का ज़िक्र करते हैं जो अनिद्रा व तनाव से तंग आकर आत्म-हत्या करना चाहता था। डा॰ लिंक जानते थे कि उनके लाख मना करने पर भी व्यक्ति आत्महत्या का प्रयास अवश्य करेगा अत: उन्होंने उससे कहा, ''भाई, यदि तुम आत्महत्या करना ही चाहते हो, तो कायरों की तरह नहीं, बल्कि बहादुर व्यक्ति की तरह इस बाग के दौड़ कर चक्कर लगाते हुए करो। तब तक इस बाग में दौड़ते रहो, जब तक कि तुम मर नहीं जाते।''

उस व्यक्ति ने यह चुनौती सहर्ष मान ली और उस बगीचे के चक्कर लगाने शुरू किये। दौड़ते-दौड़ते वह थक कर चूर हो गिर गया और उसे गहरी नींद आ गई। इसके बाद वह बिल्कुल ठीक हो गया और आत्महत्या का विचार छोड़ पहले की भांति अपने काम-काज में व्यस्त हो गया।

कड़ा परिश्रम करना अनिद्रा का सर्वाधिक सस्ता व सफल इलाज है। हमें डाक्टर एन. कोलेटमेन के ये शब्द याद रखने चाहिए, ''अनिद्रा से कभी भी कोई व्यक्ति नहीं मरता। अनिद्रा के कारण जो नुकसान मनुष्य को होता है वह अनिद्रा की चिन्ता करने से होता है।''

अध्याय ग्यारह की स्मरण रखने योग्य बातें

- अनिद्रा से यह स्पष्ट होता है कि व्यक्ति किसी संकट में है।
- अनिद्रा की चिन्ता, अनिद्रा से अधिक हानिकारक है।
- नींद मनुष्य के लिए आवश्यक नहीं बल्कि पूर्ण शारीरिक व मानसिक आराम ज़रूरी है।
- नींद का कार्य केवल शरीर को आराम देना है।
- पूर्ण आराम नींद के बिना भी प्राप्त किया जा सकता है।
- चुपचाप शरीर को ढीला छोड़ कर लेटे रहने से भी मनुष्य को आराम मिल सकता है।
- नींद के लिए जबरन प्रयास नहीं करना चाहिए। इससे अनिद्रा और भी प्रबल हो जाती है।
- शारीरिक श्रम नींद लाने में पर्याप्त सहायक सिद्ध हो सकता है।
- नींद के लिए मानसिक शांति आवश्यक है।
- अनिद्रा की चिन्ता अनिद्रा को बढ़ाती है।

❑❑❑

12

चिन्ता करने वालों की पीड़ाएं

यह बात जान लेनी चाहिए कि चिंतित व्यक्ति के दर्द पूर्णतः काल्पनिक नहीं, वास्तविक होते हैं। प्रायः लोग मान लेते हैं कि चिन्ता करने वाले लोंगों के शारीरिक कष्ट काल्पनिक ही होते हैं, किन्तु यह बात ठीक नहीं।

दर्द की ओर ध्यान देने का प्रभाव

यदि किसी भी शारीरिक दर्द पर ध्यान दिया जाए तो थोड़ा सा दर्द भी अधिक लगता है और ध्यान न दिया जाए तो दर्द अनुभव नहीं होता। दर्द का अनुभव भी लोगों में अलग-अलग होता है। कुछ को छोटे से कष्ट में भी बहुत दर्द होता है और कुछ को बड़ा कष्ट भी अधिक दर्दनाक नहीं लगता।

युद्ध में लड़ते हुए सैनिक अनेक चोटों के बावजूद पूर्ववत् ही लड़ते रहते हैं। कई बार काम करते वक्त कारीगरों के हाथ में चोट लग जाती है लेकिन वे काम जारी रखते हैं। सारा काम कर लेने के बाद जब उनका ध्यान घाव पर जाता है, तब उन्हें दर्द का अनुभव होता है।

श्री टी. 1947 के सितंबर माह में आधी रात को अस्पताल आया। दंगों के दौरान उसका दायां हाथ बम से उड़ चुका था। डाक्टर ने उससे कहा, "आपको बहुत दर्द हो रहा होगा।" "जी हां", उसने जवाब दिया, "इस समय तो मैं काफ़ी दर्द महसूस कर रहा हूं, पर जब तक मुझे चोट का पता नहीं था तो दर्द भी नहीं हो रहा था। जब मेरे साथी ने मुझे बताया कि मेरा हाथ उड़ चुका है, तो मुझे दर्द होने लगा।"

डा॰ सिंडलर लिखते हैं, "हरेक व्यक्ति को शरीर के किसी न किसी भाग में थोड़ा-थोड़ा दर्द हमेशा होता रहता है। यदि इस बात की जांच करना चाहें तो शरीर के किसी एक भाग पर आधा घंट ध्यान केन्द्रित करें, आपको दर्द का अनुभव होने लगेगा।"

दूसरे शब्दों में, दर्द की चिन्ता दर्द को और भी बढ़ा देती है। इसे हम एक वास्तविक घटना से स्पष्ट कर सकते हैं।

एक बार एक अमेरिकी प्रोफेसर विलियम फिलिप्स जहाज पर यात्रा कर रहे थे। अचानक उनकी कमर में तीव्र दर्द शुरू हो गया। उसी समय यात्रियों ने एक सभा में उन्हें भाषण देने का निमंत्रण दिया। उनकी कमर में इतना तेज दर्द था कि वे सीधे खड़े भी नहीं हो सकते थे। लेकिन जब प्रो॰ फिलिप्स ने अपना भाषण शुरू किया तो उनकी सारी पीड़ा दूर हो गई। अब वे सीधे खड़े थे और लगभग एक घंटा बिना कोई कष्ट अनुभव किए भाषण देते रहे। पर जैसे ही भाषण समाप्त हुआ, उन्हें फ्रि से वैसा ही दर्द होने लगा।

हमारे कानों में हर समय मंद-मंद, सांय-सांय होती रहती है किन्तु हम उसे महसूस नहीं करते, क्योंकि हम अन्य कार्यों में व्यस्त रहते हैं। लेकिन हम किसी एकांत स्थान पर जाते हैं अथवा बीमार होते हैं तो रात की खामोशी में हमें कानों में ये सांय-सांय सुनाई देती है। इसी प्रकार घड़ी के टिक-टिक के स्वर के साथ होता है। जब हम इस पर ध्यान देते हैं, तो यह हमें सुनाई देने लगता है।

स्त्रियां उबलते पानी में हाथ डाल देती हैं, उन्हें कुछ नहीं होता क्योंकि उन्हें इसका अभ्यास होता है। लेकिन पुरुष की यदि एक उंगली भी गर्म पानी से छू जाए तो उसे तीव्र जलन होती है।

कहने का आशय यह है कि यदि कोई दर्द शरीर के किसी अंग में रोग के कारण नहीं हो, तो उसका स्पष्ट कारण चिन्ता है। यदि कोई दर्द किसी रोग के कारण है तो भय, चिन्ता व दर्द की ओर ध्यान देते रहना दर्द को और भी बढ़ा देता है।

अमेरिका के प्रसिद्ध डाक्टर रसेल जोड़ों के दर्द के चार सामान्य कारण बताते हैं: 1) दुखी वैवाहिक जीवन, 2) आर्थिक तंगी व शोक, 3) अकेलापन एवं चिन्ता, 4) नाराज़गी अथवा विरोध की भावना।

दर्द पर विचारों का प्रभाव

बुरे तथा नकारात्मक विचार दर्द को बढ़ा देते हैं। यदि किसी व्यक्ति की उंगली पर हथौड़ी लग जाए और उसे डर हो कि कहीं हड्डी न टूट गई हो तो इस भय से एक मामूली चोट में उसे तेज़ पीड़ा होने लगती है; परन्तु जब वह आश्वस्त हो जाता है कि उंगली की हड्डी ठीक-ठाक है तो उसे दर्द की फिक्र नहीं रहती। वह काम में लग जाता है और दर्द स्वत: घट जाता है।

प्राय: लोग डाक्टर के पास जाने से डरते हैं, विशेषकर दांतों के डाक्टर के पास। किन्तु यदि डाक्टर उनके भरोसे का हो, तो वह डाक्टर इंजेक्शन भी लगा दे, तो भी उन्हें अधिक कष्ट नहीं होता। जबकि अनजान डाक्टर द्वारा जांच करने में भी उन्हें कष्ट होता है। डॉक्टर पर विश्वास व भरोसा भी दर्द की गहनता को बदल देता है।

दर्द की मनोवैज्ञानिक चिकित्सा

चिंतित व्यक्ति के दर्द के दो कारण होते हैं; पहला दर्द की ओर ध्यान देते रहना और दूसरा बुरे विचार। यदि इन दोनों का निवारण हो जाए तो ऐसे व्यक्ति को दर्द में बहुत आराम हो जाता है।

पिछली सदी तथा इस सदी के आरंभ में भी लोग विभिन्न दर्दों का इलाज जादू-टोने इत्यादि से करते थे। कुछ स्थानों पर ये तरीके आज भी प्रचलित हैं। कुछ लोगों के शारीरिक दर्द दरगाह पर दीपक जलाने अथवा मंदिर में प्रसाद चढ़ाने से दूर हो जाते हैं। इन सभी उपायों के पीछे केवल एक ही भावना काम करती है-विश्वास व श्रद्धा की भावना। इन उपायों से रोगी को अपनी बीमारी का भय व चिन्ता नहीं रहती। उसका ध्यान अपनी बीमारी से स्वत: हट जाता है। अत: उसका दर्द कुछ हद तक दूर हो जाता है।

इस संदर्भ में डाक्टर चैपल अपना एक केस बताते हैं, ''श्री 'घ' एक दुकान चलाते थे। उनके सभी जोड़ हर समय दुखते रहते थे और वे दुकान पर भी चारपाई बिछाकर लेटे रहते थे। दुकान का ज़्यादातर काम उनकी पत्नी करती थी। सभी तरह की जांच कर लेने के बाद यह ज्ञात हुआ कि उनके जोड़ों में कोई रोग नहीं था। उनके दर्द का कारण केवल चिन्ता थी। उन्हें यह बात भलीभांति समझाई गई जिससे वे आश्वस्त हो गए। नतीजतन, धीरे-धीरे उनका दर्द खुद ही गायब हो गया और वे दुकान का सारा काम खुद करने लगे।

मौसमी दर्द

अनेक लोग मौसम बदलने के साथ जोड़ों के दर्द की शिकायत करते हैं। संभव है कि मौसम बदलने का उनके शरीर पर प्रभाव पड़ता हो, किन्तु ये बात भी ध्यान देने योग्य है कि इस मौसमी दर्द का जो भय है वह भी दर्द उत्पन्न करने का एक कारण बन जाता है।

जिन तकलीफ़ों का वर्णन हम इन पृष्ठों में कर रहे हैं संभव हैं, कि चिंतित व्यक्ति को अनेक अन्य कष्ट भी हों जिनका ज़िक्र हमने नहीं किया। परन्तु इस पुस्तक के माध्यम से यह प्रयास किया गया है कि हम तकलीफ़ों के माध्यम से चिंतित व्यक्ति का ध्यान तकलीफ़ों के मूल पर आकर्षित कर सकें। तकलीफ़ महत्वपूर्ण नहीं है, महत्वपूर्ण यह है कि आप तकलीफों के कारण को जानें और उसका निवारण करें। अतः यहां वर्णित बातों को भली-भांति समझें तथा अपनी चिन्ता भय इत्यादि से जल्द छुटकारा पाने का प्रयास करें ताकि आप अपने जीवन को सफल व सुखी बना सकें।

अध्याय बारह की स्मरण रखने योग्य बातें

- चिंतित व्यक्ति के दर्द का कारण उसकी चिन्ता है।
- दर्द की ओर ध्यान देने से छोटा दर्द भी बड़ा बन जाता है।
- बुरे विचार दर्द को बढ़ाते हैं तथा अच्छे व सकारात्मक विचार दर्द को कम करते हैं।

❑❑❑

13

हमारा शारीरिक बिम्ब

एक बड़े अस्पताल के घायल रोगियों के वार्ड में से निकलते हुए एक मरीज़ पर मेरी नज़र पड़ी। उसकी बाईं बाजू कटी हुई थी। यह युवक कारखाने में काम करता था, एक दुर्घटना में, जो अपना हाथ खो बैठा। डाक्टर को उसकी कुहनी से थोड़ी ऊपर की बाज़ू काट देनी पड़ी। अब उसका घाव भर चुका था लेकिन उसे अस्पताल से छुट्टी नहीं मिली थी, क्योंकि रोगी को लगता था कि अभी भी उसका बाजू है और वह बार-बार बाएं अंगूठे में खिंचन होने की शिकायत कर रहा था। यह बात भी नहीं थी कि वह अपना मानसिक संतुलन खो बैठा हो। दरअसल आंखों से देखे हुए की अपेक्षा वह अनुभव को ज़्यादा महत्व देने वाला व्यक्ति था। इसीलिए अपनी बाजू यद्यपि उसे आंखों से नहीं दिखाई देती थी पर अनुभव होती थी। शरीर से अलग हो जाने के बावजूद वह उसके अपने शारीरिक बिम्ब अर्थात् 'बॉडी इमेज' में मौजूद थी।

शारीरिक बिम्ब की महत्वपूर्ण धारणा का डा॰ हैनरी हैट और डा॰ पॉला सिलडर ने बहुत विस्तारपूर्वक वर्णन किया है। हमारे मन में अपने शरीर, शरीर के सभी अंगों व उनके परस्पर संबंधों को लेकर जो संकल्प होता है, उसे शारीरिक बिम्ब कहते हैं। यह एक प्रकार के चित्र अथवा मूर्ति की तरह होता है किन्तु यह बिम्ब बिल्कुल हमारे शरीर जैसा नहीं होता, बल्कि इसमें शरीर अंग उभरे होते हैं जिन पर हमारा ध्यान सदैव होता है व वे अंग लगभग नहीं होते जिन पर हमारा ध्यान नहीं जाता। हमारे हाथ व उंगलियां तो हमारे बिम्ब में बहुत उभरी होती हैं किन्तु हमारी पीठ अदृश्य सी प्रतीत होती है। इस बिम्ब में हमारे शरीर से संबंधित चीजें भी शामिल हो जाती हैं, जैसे हमारी वेशभूषा, हमारे काम के यंत्र इत्यादि। हम जो भी

काम करते हैं, जिस प्रकार के हाव-भाव बनाते हैं, वे इस शारीरिक बिम्ब के हवाले से ही करते हैं। यही वजह है कि बाजू कट जाने पर भी उस मरीज़ को बाजू की उपस्थिति महसूस होती थी, क्योंकि वह उसके शारीरिक बिम्ब में मौजूद थी। अर्थात् वह अपने कटे हुए बाजू की परछाईं लिए घूम रहा था।

हमारी बोली, मांसपेशियों की क्रिया, स्मरण शक्ति इत्यादि की तरह ही शारीरिक बिम्ब हमारे मस्तिष्क की क्रिया है। ऐसा लगता है जैसे शारीरिक बिम्ब मस्तिष्क के मध्यवर्ती भाग में अंकित है। यदि मस्तिष्क के इस भाग में कोई रोग हो जाए तो हमारे शारीरिक बिम्ब में परिवर्तन आ जाता है। ऐसा भी होता है कि मनुष्य को अपना एक विशेष अंग कटा हुआ प्रतीत होने लगता है। हालांकि वह आंखों से उसे देखता है किन्तु उसका दिमाग उस अंग के अस्तित्व को स्वीकार नहीं करता।

डा॰ ओस्लन ने अपने एक मरीज के बारे में बताया कि उसे अपनी बाईं ओर के अंग अपने नहीं लगते थे। जब उसका दायां हाथ उसके बाएं कंधे पर रखा गया और उसकी पूरी भुजा पर फेरा गया तो उसे दो बातों का सामना करना पड़ा – वह अपने अनुभव को सत्य समझे या अपनी आंखों को ? अंततः वह यही बोली कि वह अपनी आंखों पर इतना विश्वास नहीं कर सकती जितना कि अपने अनुभव पर।

ऐसे रोगियों के 'आंखों' से बढ़ कर 'अनुभव' पर विश्वास रखने से डा. क्सैकगिग का कथन याद आता है, ''मनुष्य शरीर रूपी रेखा और उसके सीमा निर्धारण से अपने अनुभव द्वारा पहले से ही परिचित होता है। और आंखों से देखा हुआ दृष्टि बिम्ब बाद में मूर्तिमान होता है। अतः आजीवन इस 'अनुभव' की 'दृष्टि बिम्ब' पर प्रधानता रहती है।

डाक्टरों के पास प्रतिदिन ऐसे अनेक रोगी आते हैं, जो विभिन्न प्रकार के शारीरिक कष्टों की शिकायत करते हैं। जांच-पड़ताल के बाद यदि डाक्टर उन्हें यह बताता है कि उनके संबंधित अंग में कोई कमजोरी या खराबी नहीं है तो प्रायः वे यही कहते हैं, ''आप कहते हैं कि मुझे कोई रोग नहीं लेकिन मुझे तो महसूस होता है।''

वास्तव में ऐसे रोगियों के शारीरिक बिम्ब में कुछ बदलाव हो जाता है। यदि उसके शारीरिक बिम्ब में उसकी आंतें कमज़ोर हो रही हैं, तो उसे यही अनुभव होने लगता है कि उसकी आंतों में कष्ट है।

शारीरिक बिम्ब में जिन कारणों से परिवर्तन उत्पन्न होता है, उनमें से एक कारण मानसिक भी है। शरीर के किसी विशेष भाग की ओर अत्यधिक ध्यान देने अथवा उसकी अत्यधिक फिक्र करने से वह शारीरिक बिम्ब में उभर आता है और यह बिम्ब परिवार्तित हो सकता है।

प्रत्येक मनुष्य का किशोरावस्था में प्रायः अपने शरीर पर ध्यान अधिक होता है क्योंकि इस अवस्था में मनुष्य के शरीर में इतने परिवर्तन होते हैं कि वह अपने शरीर पर ध्यान देने को वाध्य हो जाता है। अनेक लोग जो अपने वातावरण अथवा परिस्थितियों से निराश होते हैं, तो वे अंर्तमुखी हो जाते हैं और उनका ध्यान बाहरी वस्तुओं व लोगों से हट कर अपने शरीर पर केंद्रित हो जाता है। इसी प्रकार चिंतित व्यक्ति का हृदय जोर-जोर से धड़कता है। इससे वह चिन्ता करने लगता है कि कहीं उसे हृदय रोग तो नहीं। निरंतर यह सोचने से उसके शारीरिक बिम्ब में भी परिवर्तन आ जाता है।

शारीरिक बिम्ब का वर्णन करते हुए एक बात बताना आवश्यक है। जिस प्रकार शारीरिक बिम्ब में परिवर्तन आने से रोग न होने पर भी रोग का अनुभव होने लगता है, उसी प्रकार कई बार रोगी होते हुए भी मनुष्य स्वयं को स्वस्थ समझता रहता है। सन् 1895 में डा॰ मोनाकोफ़ ने एक रोगी का हाल लिखा था, जो मस्तिष्क के किसी रोग के कारण अंधा हो गया था। किन्तु वह मानता ही नहीं था कि उसे दिखाई नहीं देता।

इस अध्याय में यह बताने का प्रयास किया गया है कि शारीरिक बिम्ब के परिवर्तन से मनुष्य को शारीरिक कष्ट हो सकता है। शारीरिक बिम्ब हमारे लिए महत्वपूर्ण है। हमें अपने शरीर को स्वस्थ रखने के लिए कभी भी अपने को अत्यधिक ध्यान यानी **Mosbid Attention** का शिकार न बनाएं। यह मानसिक आरोग्यता का एक आवश्यक साधन है।

❑❑❑

14

सुखद गृहस्थ जीवन

"विवाह एक ऐसा संस्कार है, जिससे दो अपूर्ण व्यक्ति अपनी शक्ति को इकट्ठा करके जीवन का आनंद प्राप्त करने के लिए साझा प्रयास करते हैं।"

–हैनरी सी. लिंक

पुरुष और स्त्री के लिए वैवाहिक जीवन प्राकृतिक रूप से आवश्यक है। किन्तु उससे भी अधिक आवश्यक है गृहस्थ जीवन का सुखद होना। जिस घर में शांति व चैन नहीं वह नर्क के समान होता है। एक शांत व सुख पूर्ण घर वही हो सकता है, जहां पति-पत्नी व परिवार के अन्य सदस्य एक-दूसरे की भावनाओं का आदर करते हों तथा प्रेम से रहते हों।

दुखी गृहस्थ जीवन बहुत से मानसिक रोगों का कारण बन जाता है। सिर दर्द, पेट दर्द, जोड़ों का दर्द, हिस्टीरिया, अनिद्रा आदि सभी रोग बहुत से लोगों में दुखद गृहस्थ जीवन के कारण होते हैं। डा॰ रसेल एल॰ सेसिल ने जोड़ों के दर्द के प्रमुख चार कारण बताए हैं। इन चारों में सर्वप्रथम कारण दुखद वैवाहिक जीवन ही बताया है।

घर को शांतिपूर्ण व सुखद बनाने का अपेक्षाकृत अधिक उत्तरदायित्व स्त्री का होता है क्योंकि स्त्री स्वभाव से नम्र व कोमल होती है। मधुर बोलना, भनक जाना और क्षमाशील होना उसका स्वाभाविक गुण है। स्त्री घर की अवस्था भली-भांति जानती है क्योंकि प्रायः उसे ही घर संभालना होता है। काम के दौरान पति के स्वाभिमान को चोट भी लगती रहती है। चाहे व्यापारी हो या नौकरी-पेशा, काम-काज के अनेक कठिनाइयों का पति को सामना करना पड़ता है, जिससे एक गृहस्थ पत्नी अनभिज्ञ होती है। शाम को घर आकर यदि पति की समस्याओं को पत्नी समझे व बांट ले, तो तनाव की स्थिति टाली जा सकती है।

आजकल स्त्री व पुरुष दोनों ही कामकाजी होते हैं, जिससे स्थिति और भी जटिल हो गई है। चूंकि अब शाम को घर लौटते हुए सिर्फ पति ही नहीं बल्कि पत्नी भी थकी होती है वह चिड़चिड़ी भी हो सकती है। अतः दोनों को चाहिए कि वे एक-दूसरे के रूखेपन, गुस्से, तनाव व परेशानियों को समझने का प्रयास करें।

जैसा कि ईसा मसीह ने कहा है "घृणा, घृणा से और प्रेम, प्रेम से उत्पन्न होता है। अतः पति-पत्नी में से एक के भी रूखे व्यवहार अथवा क्रोध के प्रति यदि दूसरा सहनशील रहे तो यह क्षणिक रूखापन स्वतः दूर हो जाता है। आधुनिक समय में यह कहना उचित न होगा कि केवल स्त्री को ही क्षमाशील, सहनशील व विनम्र होना चाहिए।

प्रत्येक पत्नी को अपना घरेलू जीवन सुखद बनाने के लिए अपने आप से ये प्रश्न करते रहना चाहिए-

- क्या मैं अपने पति की प्रशंसा के लिए कोई विशेष उपाय करती हूं?
- मुझमें कौन सी बातें हैं जो मेरे पति पसंद नहीं करते?
- क्या मैं अत्यधिक नुक्ताचीनी करती हूं या ऐसे शब्द बोलती हूं जिनसे उनका स्वाभिमान आहत हो?
- मैं दिन में कितनी बार उनकी प्रशंसा करती हूं?
- क्या मैं घर में पति के लिए अनुकूल वातावरण बनाने में सहायक हूं?
- क्या मैं अपने पति की सामर्थ्य पर शक करती हूं?
- क्या मैं अपने पति के परिवार का उचित सम्मान करती हूं?
- क्या मैं घर की खुशी के लिए छोटी-मोटी बातों को अनसुनी करके पति से संवाद बनाए रखती हूं?

इन प्रश्नों के सकारात्मक उत्तर अवश्य ही आपके सुखद घरेलू जीवन का प्रमाण होंगे। इस संदर्भ में अंग्रेज़ी के प्रसिद्ध उपन्यासकार नेथेनिअल हॉथॉर्न के जीवन का ज़िक्र करना उचित होगा।

हॉथॉर्न कस्टम कार्यालय में एक क्लर्क थे। कुछ राजनैतिक कारणों से उन्हें नौकरी से निकाल दिया गया। बहुत निराश होकर वे घर लौटे और ये समाचार अपनी पत्नी को सुनाया। उनकी पत्नी सोफिया ने जब ये समाचार सुना तो उसने चेहरे पर कोई सिकन लाए बिना, हॉथॉर्न को प्रोत्साहित करते हुए कहा-क्या हुआ, अगर नौकरी नहीं है। आपको लिखने का बहुत शौक है

और अब तो आप जो किताब लिखना चाहते थे, वह और भी अच्छी तरह लिख सकेंगे।

लेकिन जब तक मैं किताब लिखूंगा तब तक हमारा निर्वाह कैसे होगा? निराश हॉथॉर्न ने पत्नी से कहा, यह सुन कर सोफिया अपना पर्स लेकर आई और बोली, "नेथेनियल, मुझे मालूम था कि आप, किताब लिखना चाहते हैं। आपके इसी काम के लिए मैं हर महीने कुछ बचत करती रही और इस बचत से हमारा घर फिलहाल चल सकता है।"

इन शब्दों से प्रोत्साहित होकर नेथेनिअल ने लेखन का कार्य शुरू कर दिया और वह कुछ ही वर्षों में अमेरिका के एक प्रसिद्ध उपन्यासकार बन गए।

इस प्रकार ऐसे लोगों के अनेक उदाहरण हैं, जिससे दंपती आपसी सौहार्द व सामंजस्य के कारण अपने उद्देश्यों में सफल रहे।

प्रत्येक पति को भी स्वयं से निम्नलिखित प्रश्न करते रहना चाहिए:

- क्या मैं अपनी पत्नी के जीवन को सुखद बनाने के लिए कोई विशेष प्रयत्न करता हूं?
- क्या मैं अपनी पत्नी को उचित स्वतंत्रता देता हूं?
- क्या मैं घर की साज-संभाल व भोजन बनाने के लिए उसकी प्रशंसा करता हूं?
- क्या मैं पत्नी की मांगों को पूरा करने का प्रयास करता हूं?
- क्या मैं पत्नी के परिवार के सदस्यों को उचित सम्मान देता हूं?
- क्या मैं अन्य लोगों के सामने अपनी पत्नी की निंदा करता हूं?
- क्या मैं पत्नी के नज़रिए को समझने का प्रयास करता हूं?
- क्या मैं अपनी पत्नी को शक की दृष्टि से नहीं देखता?
- क्या मैं अन्य लोगों के सामने उसके गुणों की तारीफ़ करता हूं?

यह बात हमेशा याद रखना चाहिए कि प्रेम की अभिव्यक्ति प्रेम को प्रबल व जीवंत रखने के लिए आवश्यक है। जब हम अपने पति अथवा पत्नी के प्रति बार-बार प्रेम अभिव्यक्त करने के नए तरीके ढूंढते हैं, तो यह संबंध में एक नयापन भी बरकार रखता है।

आर्थिक मतभेद भी कई बार पति व पत्नी के संबंधों को तनावपूर्ण बना देते हैं। इससे मेरा आशय धन की कमी से नहीं बल्कि उसे व्यय करने के

उचित तरीके से है। यदि धैर्य रखा जाए तो आर्थिक कठिनाइयां भी पति–पत्नी के प्रेम को अधिक मजबूत करने का साधन बन जाती हैं।

इंग्लैंड के प्रसिद्ध लेखक श्री सैम्युअल स्माइल्ज़ ने अपनी प्रसिद्ध पुस्तक, 'बीयर एंड खोरबीयर' में सुखद घरेलू जीवन का एक महत्वपूर्ण व संक्षिप्त सिद्धांत बतलाया है, "सहना व क्षमा करना"। यदि पति व पत्नी दोनों परस्पर व्यवहार में इस सिद्धांत का अनुकरण करें तो उनका गृहस्थ जीवन शांत व प्रेमपूर्ण हो सकता है।

❑❑❑

15

जीवन को सुखद बनाने के उपाय

"यदि आप प्रसन्नता के पीछे भागेंगे तो वह आपसे छिपती फिरेगी। अपना तन-मन काम में लगाएं ..... स्वयं को किसी ऐसे आदर्श के लिए अर्पित करें जो आपके अहं से ऊंचा हो। जब आप पीछे मुड़ कर देखेंगे तो अनुभव करेंगे कि आप बहुत आनंदित और प्रसन्न हैं।"

– सी॰ ई॰ एम॰ जोध

अच्छी भावनाओं का शरीर पर सकारात्मक प्रभाव होता है। स्वास्थ्य के लिए अच्छे आवेगों से अधिक लाभप्रद कोई औषधि नहीं। अच्छे विचार व भावनाएं हमारे भीतर कुछ ऐसे हारमोन्स उत्पन्न करते हैं जिनसे हम स्वस्थ व ठीक रहते हैं। यह निम्नलिखित घटना से स्पष्ट हो सकता है:

एक युवती को हृदय रोग था। वह दो वर्षों से बिस्तर पर पड़ी थी। डाक्टर का कहना था कि वह ज़्यादा से ज़्यादा दो वर्ष और जी पाएगी। उसका पति शराबी था इसलिए वह हर समय परेशान व चिंतित रहती थी। उसके दो छोटे-छोटे बच्चे भी थे। एक दिन अचनाक उसका पति घर छोड़ कर चला गया और बच्चों के पालन-पोषण का बोझ भी उस पर आ पड़ा। डा॰ पॉलवाइट जब उसे देखने गए तो वह दृढ़ता से बोली, "डाक्टर, कुछ भी हो, बच्चों की देखभाल तो अब मुझे ही करनी है।"

डाक्टर जानते थे कि अपने बीमार दिल के साथ वह कामकाज नहीं कर सकती। लेकिन डाक्टर को उस युवती के धैर्य व दृढ़ निश्चय की गहनता का अनुमान न था। उसने बिस्तर छोड़ा और घर व बच्चों के साथ-साथ आर्थिक पक्ष भी संभाल लिया और वह धीरे-धीरे बिल्कुल ठीक हो गई।

अच्छे विचार न सिर्फ बुरे विचारों व भावनाओं का स्थान ले लेते हैं बल्कि इस प्रकार वे शरीर में स्थित तनाव को भी खत्म कर देते हैं। अच्छे आवेग दो प्रकार के हैं; बाह्य व आंतरिक।

बाह्य परिस्थितियों व व्यक्तियों से उत्पन्न विचारों को हम भलीभांति देख व समझ लेते हैं। वे स्थाई भी नहीं होते। आंतरिक आवेग हमारे भीतर पलते रहते हैं और धीरे-धीरे प्रबल होते जाते हैं। उदाहरण के लिए मान लें कि आपने कोई अपराध किया है और आप में इसके प्रति अपराध बोध भी है। आपकी इच्छा रहेगी कि लोगों को इसका पता न चले व यह अपराध बोध भी स्वतः समाप्त हो जाए। किन्तु यह अपराध बोध अंदर ही अंदर अनेक प्रकार की चिन्ताओं व भय का रूप ले लेता है। फलस्वरूप आप बाहरी तौर पर तो प्रसन्न व सुखी लगेंगे लेकिन भीतर से दुखी रहेंगे।

हम इस बात को इस प्रकार भी समझ सकते हैं; प्रत्येक व्यक्ति की कुछ मूलभूत मनोवैज्ञानिक आवश्यकताएं होती हैं, जैसे–प्रेम, सुरक्षा, रचनात्मक अभिव्यक्ति की स्वतंत्रता, मान्यता व प्रशंसा, जीवन में नयापन व स्वाभिमान।

यदि इन छः में से एक भी ज़रूरत पूर्ण न हो तो हमारे भीतर निराशा, चिन्ता, भय, तनाव इत्यादि बुरे भाव उत्पन्न होने लगते हैं और शरीर में रोगों का मूल बन जाते हैं। मनोवैज्ञानिकों के अनुसार चिन्ता रोग यह प्रकट करते हैं कि व्यक्ति अपने चारों ओर के वातावरण के अनुसार स्वयं को ढालने में असफल रहा है।

रोज़मर्रा के जीवन में मनुष्य को कई प्रकार के छोटे–छोटे संकटों का सामना करना पड़ता है धनार्जन करना, संतान का पालन पोषण, घर में बीमारी अथवा मृत्यु, अस–पड़ोस, मित्रों व संबंधियों से व्यवहार रखना। ये सब हर रोज़ होने वाली बातें हैं, जिनमें मनुष्य कभी विषम अथवा कभी सरल परिस्थितियों से गुज़रता है। जीवन के प्रतिदिन के छोटे–मोटे संकटों का संतोष, हिम्मत, निश्चय व प्रसन्नता से सामना करने को ही मनुष्य की भावनात्मक स्थिरता कहते हैं। तथा इन्हीं सामान्य समस्याओं का भय, फिक्र और निराशा से सामना करने को भावनात्मक अस्थिरता कहा जाता है।

भावनात्मक अस्थिरता उत्पन्न होने के कारण

भावनात्मक अस्थिरता उत्पन्न होने के अनेक कारण हैं जिनमें से निम्नलिखित प्रमुख हैं और प्रबल प्रभाव भी डालते हैं;

1. घर का प्रभाव: भावनात्मक अस्थिरता उत्पन्न करने में घरेलू वातावरण की महत्वपूर्ण भूमिका रहती है। माता-पिता के स्वभाव व आदतों का बच्चों

पर बहुत असर पड़ता है। यदि मां-बाप संवेदनशील हैं तो बच्चे भी संवेदनशील होते हैं। यदि माता-पिता क्रोधी, चिड़चिड़े व असंतुलित हैं तो बच्चे भी वैसा ही व्यवहार करने लगते हैं। अतः पति-पत्नी को चाहिए कि घर में प्रेम, शांति, सहनशीलता व क्षमाशीलता का वातावरण बनाने का प्रयास करें ताकि उनके बच्चे भावनात्मक रूप से स्थिर बनें।

2. मित्रों का प्रभावः जो लोग हमारे आस-पास रहते हैं उनका हमारे आचरण व जीवन पर प्रभाव पड़ता है। जैसा कि कहा भी जाता है-जैसी संगत करेंगे वैसा ही जीवन बनेगा। अतः हमें अपने मित्रों का चुनाव करते हुए सतर्क रहना चाहिए क्योंकि दूसरे लोगों में जो अवगुण होते हैं वह हम बहुत शीघ्र अपना लेते हैं, किन्तु अच्छे गुणों का प्रभाव थोड़ी देर से पड़ता है।

3. शैक्षिक संस्थानों का प्रभावः हम जिस स्कूल अथवा कॉलेज में जिस प्रकार के अध्यापकों से शिक्षा प्राप्त करते हैं, उनका हमारे मानसिक विकास पर सशक्त प्रभाव पड़ता है। हालांकि स्कूल व कॉलेज में छात्रों की भावनात्मक स्थिरता को दृढ़ करने के लिए कोई प्रयास नहीं किया जाता, जो कि किया जाना चाहिए। फिर भी जिस वातावरण में हम पढ़ते हैं व जिन लोगों से हम शिक्षा ग्रहण करते हैं, वे हमारे मस्तिष्क पर एक अमिट छाप छोड़ जाते हैं।

4. धर्म का प्रभावः उचित ढंग की धार्मिक शिक्षा मनुष्य में भावनात्मक स्थिरता उत्पन्न करती है और उसे मानसिक शक्ति प्रदान करती है। जब मनुष्य अपनी इच्छा पूर्ण होते नहीं देखता, उसे दुख होता है तथा उससे डरता है। जिस चीज़ से उसे दर्द होता है वह उससे भी डरता है। फिर भय को पैदा करने वाले हालात की कल्पना कर वह चिन्ता करता है। यह भय व चिन्ता मनुष्य के साथ सदैव रही है और रहेगी। यह उसके लिए लाभप्रद भी है क्योंकि इस प्रकार वह अपने को हानिकारक हालात से बचा पाता है, अन्यथा वह शीघ्र ही मर जाए। समझदार व्यक्ति वे होते हैं जो आने वाले खतरों का पूर्वानुमान कर के समय पर उससे निपटने का उपाय ढूंढ़ लेते हैं। ऐसे व्यक्ति दूरदर्शी होते हैं।

दरअसल, मनुष्य अपने लिए बहुत ऊंचे नियम बना लेता है, स्वयं से बहुत अपेक्षाएं रखता है तथा इन नियमों पर चल कर वह अपनी आकांक्षाओं

को पाने का प्रयास करता है। जब वह यह नहीं कर पाता तो चिन्ता करने लगता है, दुखी व उदास हो जाता है।

जब से मानव इतिहास है तब से एक बात स्पष्ट प्रकट होती है कि मनुष्य भयों को दूर करने के लिए विशेष विचार बनाए ताकि वह अपने हालात, अपनी नियति से समझौता कर सके व शांत रह सके। इन्हीं विचारों को धैर्य का नाम दिया गया। विश्व में अनेक धर्म व सम्प्रदाय हैं किन्तु सभी का उद्देश्य एक ही है–मनुष्य को आस्थावान व निर्भय बनाना। इन धर्मों के मौलिक सिद्धांत भी एक समान ही हैं:

1) सम्पूर्ण विश्व में जो हो रहा है, उसका संचालन एक ही परम् शक्ति द्वारा होता है जिसे ईश्वर, अल्लाह, वाहेगुरु, क्राइस्ट आदि कहा जाता है।

2) इंसान के कर्मों के अनुसार ही उसे फल मिलता है।

3) मानव जाति के लिए सभी धर्मों ने ऐसे नियम बनाए हैं जिनसे वे परस्पर मिल कर रहें।

धर्म को तो हम सर्भ मानते हैं। मस्जिद, मंदिर, गुरुद्वारे और गिरजाघर में भी जाते हैं, लेकिन हम कभी भी यह पूरी तरह से नहीं मान पाते कि ईश्वर जो कुछ करता है, हमारी भलाई के लिए करता है। यदि हम यह बात मानते तो दुख में कभी दुखी न होते। दरअसल, मृत्यु के अतिरिक्त हम किसी घटना को ईश्वर की करनी नहीं मानते। परिणाम यह होता है कि मृत्यु के कारण हुए वियोग को तो हम सहन कर लेते हैं, परन्तु आर्थिक हानि, संतान दुख, नेकनामी न मिलने, पद की उन्नति न होने को हम ईश्वर की इच्छा नहीं मानते और दुखी होते हैं।

मनुष्य को सभी जीवों की अपेक्षा अधिक बुद्धि, कला व भावनात्मक शक्ति मिली है। उसे इसका समुचित प्रयोग करना चाहिए व सफलता - असफलता की उम्मीदों में न पड़ कर जो भी मिले उसमें ईश्वर की इच्छा समझ कर संतोष करना चाहिए। इस संतोष से मनुष्य को शांति प्राप्त होती है।

अध्याय पन्द्रह की स्मरण रखने योग्य बातें

- भावनाएं दो प्रकार की होती हैं - बाह्य एवं आंतरिक।
- मनुष्य का जीवन वैसा ही होता है, जैसे विचार व भावनाएं वह रखता है।

- चिन्ता का कारण छोटी-छोटी बातें, मामूली उलझनें, आगामी भय इत्यादि होते हैं।
- जीवन की रोज़मर्रा की समस्याओं व संकटों का साहस, शांति व दृढ़ निश्चय से सामना करने को भावनात्मक स्थिरता कहते हैं।
- जीवन के रोजमर्रा के संकटों में विचलित हो जाने व हताश एवं उदास अथवा तनावग्रस्त हो जाने को भावनात्मक अस्थिरता कहते हैं।
- भावनात्मक अस्थिरता/स्थिरता उत्पन्न करने में निम्नलिखित बातों का प्रभाव पड़ता है; घर का प्रभाव, मित्रों का प्रभाव, शैक्षिक संस्थानों व धर्म का प्रभाव।

❑❑❑

16

चिन्ता का निवारण

अमेरिका के प्रसिद्ध मनोवैज्ञानिक प्रो॰ विलियम जेम्स लिखते हैं, ''विश्व में प्रत्येक व्यक्ति प्रसन्नता प्राप्त करने का प्रयत्न करता है। लेकिन इसका केवल एक ही मार्ग है - अपने विचारों पर काबू रखना। मनुष्य की प्रसन्नता केवल बाहरी वातावरण पर ही निर्भर नहीं, इसका मनुष्य के अंतर्मन से घनिष्ठ संबंध है।''

हम चिन्ता से छुटकारा तभी पा सकते हैं, जब हम अपने विचारों पर नियंत्रण पा लें। यह कठिन कार्य है किन्तु असंभव नहीं। चिंतित व्यक्ति के विचार उसके अपने अधीन नहीं होते उसका जीवन दुख व तनाव से पूर्ण होता है।

बुरे विचारों से बुरी भावनाएं उत्पन्न होती हैं। बुरे आवेग शरीर के महत्वपूर्ण अंगों की क्रिया को तीव्र कर देते हैं। इससे शरीर में जो चिह्न उत्पन्न होते हैं वे और अधिक चिन्ता व भय उत्पन्न करते हैं - इस प्रकार यह दुष्चक्र कभी समाप्त नहीं होता।

चिन्ता करना मस्तिष्क का अनुचित प्रयोग है। जैसा कि पहले भी कहा गया है कि हम जैसे विचार रखते हैं, हमारा जीवन भी वैसा ही होता जाता है। बुरे विचार होने पर चिंतित व्यक्ति धन सम्पति रहते हुए भी दुखी ही रहता है। अत: यह बहुत आवश्यक है कि हम अपने मस्तिष्क में सकारात्मक विचार लाना सीखें।

विचारों का पारस्परिक संबंध

यह प्रकृति का एक ऐसा नियम है जिससे एक विचार अपने जैसे अनेक विचार उत्पन्न करता है तथा उन्हें अपने साथ मिलाकर एक लंबी कड़ी का रूप धारण कर लेता है। विश्व इतिहास में प्रसिद्ध दार्शनिक प्लेटो व अरस्तू

उस नियम को मानवीय मनोविज्ञान का एक आवश्यक अंग समझते हैं। उदाहरण के लिए रस्सी देख कर सांप याद आता है और जैसे बारात देख कर हमें अपना विवाह याद आता है।

अमेरिका के प्रसिद्ध मनोवैज्ञानिक ऐलैक्सिस ऑसबोरन ने अपनी पुस्तक, 'योर क्रिएटिव पावर' **(Your Creative Power)** में विचारों के पारस्परिक संबंध को एक निजी अनुभव से व्याख्यायित किया है।

"एक बार मैं अपने दांतों के इलाज के लिए डाक्टर के पास गया। जब वह मेरे दांत साफ कर रहा था तो मेरा हाथ एकाएक साथ लगी रबड़ की नली को छू गया। इसे छूते ही मुझे ख्याल आया 'रबड़ का स्पर्श कितना मुलायम होता है, किसी बच्चे के गालों की तरह'। उससे मुझे याद आया कि मेरा एक दोस्त अपनी फैक्टरी में रबड़ के बड़े-बड़े हवाई जहाज, तोपें और जैंक बनाता था। इनमें हवा भर कर इंग्लैंड के लोग ऊंचे व खुले स्थानों पर रख देते थे ताकि जर्मन हवाई सैनिकों को ये न पता चले कि वास्तविक तोपखाना कहां है। यह सभी विचार मेरे मन में कुछ ही क्षणों में आ गए।"

इसी प्रकार जब चिंतित व्यक्ति को कोई भय या फिक्र का एक विचार आता है तो उसके साथ ऐसे ही विचारों की एक लंबी कड़ी उसके मन में आती रहती है। यदि उसे सिर दर्द हो तो उसे अपने मित्र के पिता की सिर के ट्यूमर से हुई मृत्यु याद आ जाती है। यदि वह बस या रेल में यात्रा करने लगे तो उसे कोई रेल दुर्घटना याद आ जाती है। ये विचारों के पारस्परिक संबंध के कुछ उदाहरण हैं। इनके मद्देनज़र अब हम चिंतित व्यक्ति के दृष्टिकोण का विश्लेषण करेंगे।

चिंतित व्यक्ति का दृष्टिकोण

यदि चिंतित व्यक्ति को यह सुझाव दिया जाए कि वह अपनी तकलीफों की ओर ध्यान न दे तो उसका यही कहना होता है, "मैं तो बहुत कोशिश करता हूं, लेकिन ध्यान हटता ही नहीं। यह मेरे वश की बात नहीं। यह मेरा पीछा छोड़ती ही नहीं।"

उसकी यह बात सौ फीसदी सही है। तकलीफ़ों व कठिनाइयों से जूझना वाकई कठिन होता है। चिंतित व्यक्ति के नज़रिए को उचित समझते हुए हम इस बात पर ज़ोर नहीं देते कि वह अपनी तकलीफ़ों या बुरे विचारों को भूल जाए या भूलने के लिए प्रयास करे। हमारा सुझाव है कि वह बुरे विचारों के

स्थान पर अच्छे विचार लाना सीखे। किसी भी चीज़ को सीखना असंभव नहीं। निरंतर अभ्यास से प्रत्येक चीज़ सीखी जा सकती है।

विचारों पर काबू पाने के लिए आपको स्वयं अपने विचारों की देखभाल करनी होगी। आप ये ध्यान रखें कि बुरे विचार आपको किस समय आते हैं। जिस समय बुरे विचार आएं, उसी समय आप अच्छे विचार लाने का प्रयास करें। अब सवाल यह उठता है कि किस प्रकार के विचार मन में लाए जाएं। यहां एक बात ध्यान देने योग्य है कि सभी के जीवन में अच्छा व बुरा समय आता है। अत: बुरे विचार जब आने लगें तो जीवन के अच्छे क्षणों के बारे में सोचना शुरू कर दीजिए। इस कड़ी में आप अपने बचपन अथवा मित्रों को याद कर सकते हैं। हमारा सुझाव यह है कि अपनी बाल्यावस्था की ओर ध्यान देना बहुत अच्छा है। क्योंकि प्राय: मनुष्य के जीवन का यह दौर उत्तरदायित्वों, भय अथवा फिक्र से परे खेल आदि में बीतता है, अत: बचपन की स्मृतियां अच्छी होती हैं। कहने का आशय यह है कि इस तरीके से आप बुरे विचारों के स्थान पर अच्छे विचारों का प्रतिस्थापन कर सकते हैं। इसे चेतन विचार संयम यानी **Conscious thoughts control** कहा जाता है। ऐसा करने से धीरे-धीरे नकारात्मक विचारों के स्थान पर स्वत: आपके मन में सकारात्मक विचार उत्पन्न होने लगेंगे।

इस उद्देश्य को प्राप्त करने में थोड़ा कष्ट व प्रयास तो आवश्यक है किन्तु यह प्रयास आपके स्वास्थ्य व प्रसन्नता के लिए अत्यावश्यक है। चिन्ता से छुटकारा पाने के लिए एक और बात ज़रूरी है। वह है चिन्ता निवारण के प्रति गहन, निश्चित व तीव्र इच्छा होना, क्योंकि यह तो सर्वमान्य तथ्य है कि आपको तब तक कोई ठीक नहीं कर सकता जब तक आप स्वयं ठीक न होना चाहें।

'चेतन विचार संयम' की प्रक्रिया में पहले-पहल कठिनाई हो सकती है। चिंतित व्यक्ति को ऐसा लगेगा कि वह इसमें सफल नहीं हो पा रहा है क्योंकि मन आदतन बार-बार बुरे विचारों की ओर मुड़ेगा, लेकिन इस आरंभिक असफलता से विचलित हुए बिना उसे यह अभ्यास जारी रखना चाहिए। यदि मन निश्चय दृढ़ है तो वह किसी भी कठिनाई को पार कर लेगा।

चेतन विचार संयम के मार्ग में दो तरह की कठिनाइयां आ सकती हैं। 1) मन बार-बार बुरे विचारों की ओर जाएगा। 2) चेतन विचार संयम का अभ्यास करने की इच्छा नहीं होगी। लेकिन यदि चिन्ता से मुक्त होने का निश्चय दृढ़ है तो आप इन दोनों कठिनाइयों को शीघ्र ही जीत लेंगे।

बुरे विचारों पर काबू पाने के लिए ज़बरदस्ती करने या खीझने की ज़रूरत नहीं। इस काम को आराम व शांति से करना चाहिए।

प्रमुख विचार

यह विचार हर समय आपके साथ होना चाहिए कि मैं अपने विचार व व्यवहार को सदैव शांत और प्रसन्नतापूर्ण रखूंगा। इसे हर समय अपने मन में दोहराते रहना चाहिए।

इसका यह लाभ होगा कि जब भी कभी आपको बुरे विचार, निराशापूर्ण अथवा तनावपूर्ण स्थिति का सामना करना होगा तो यह विचार आपको चेतावनी देगा कि आपको निराश या दुखी नहीं होना है। इस तरह यह आपको क्रोध, अशांति व चिन्ता से बचाए रखने में आपके मन को ही क्रियाशील बनाएगा।

मान लो कि आपका किसी छोटी सी बात पर झगड़ा हो जाता है। इससे आपको क्रोध आ जाता है और तबीयत भी खराब हो जाती है। उपर वर्णित विचार आने से पहले ही आपके भीतर तनाव शुरू हो जाता है। किन्तु जब भी आपको यह विचार याद आ जाए। आप चेतन विचार संयम का पालन आरम्भ कर दें और ध्यान अच्छे विचारों की ओर ले जाएं। यदि आप अपना मुख्य विचार लिख कर अलग-अलग स्थानों पर रख दें तो लाभप्रद होगा। ऐसा करने से यह विचार आपको बार-बार याद आता रहेगा।

चिंतित व्यक्ति को आरम्भ में यह क्रिया कठिन लगेगी और वह पाएगा कि दिन भर के झमेलों में वह अपने मुख्य विचार को भूल जाता है। किन्तु प्रतिदिन के अभ्यास से वह इस प्रकार विचार करना सीख जाएगा। क्योंकि किसी भी बात या काम को कुछ समय के लिए एक ही प्रकार से करते रहनें पर वह हमारी आदत में शामिल हो जाता है।

चेतन-विचार संयम के साथ-साथ यदि आप मनोरंजन के साधन भी रखें तो बेहतर होगा। बागवानी, पढ़ना, पेंटिग करना आदि जो भी आपको पसंद है, वह शौक बनाए रखें। ऐसे काम करने से व्यक्ति की सृजनात्मकता प्रेरित होती है तथा ध्यान भी बुरी भावनाओं से अच्छी भावनाओं की ओर केन्द्रित होता है। मनोरंजन, बेचैन व दुखी मन पर मरहम की तरह काम करता है।

"जीवन की राह सदैव सीधी व सरल नहीं होती-इसमें कठिन धारियां व दुखपूर्ण मोड़ भी होते हैं। जिन ढंग से हम उनका मुकाबला करते हैं, वह हमारे अच्छे चरित्र व जीवन सुख पर प्रभाव डालता है।" -नेपोलियन हिल

रोज़मर्रा के छोटे-मोटे संकटों से तो हम निबट लेते हैं लेकिन यदि कोई बड़ा संकट हमारे सामने हो, जिससे लड़ने की सामर्थ्य, हममें नहीं है, तो उस परिस्थिति में मानसिक संतुलन व शांति बनाए रखने के लिए निम्नलिखित बातें आवश्यक हैं:

- स्वयं को बाहर से जितना संभव हो, प्रसन्न रखो।
- यदि कोई बुरी या रूखी बात कह दे तो उसे हंस कर टाल दो।
- अपने दुख व कष्ट को मन में बार-बार न दोहराएं।
- अपना स्वभाव चिड़चिड़ा न होने दें।
- आत्म-दया में न घिरे रहें, यह और भी दुखी व चिंतित कर देती है।
- दयनीय अवस्था में भी किसी का बुरा न सोचें।
- यदि कोई पूछे कि क्या हाल है? तो यही कहें "बहुत अच्छा"। स्वयं को अच्छा व प्रसन्न प्रकट करने से आप ऐसा अनुभव भी करेंगे, चाहे आप कितनी भी विषम परिस्थिति में क्यों न हों।
- समय के अनुसार स्वयं को बदल लें । जिन परिस्थितियों को आप बदल नहीं सकते, उन्हें प्रसन्नता पूर्वक स्वीकार कर लें। चीन के प्रसिद्ध दार्शनिक लिन यू टांग अपनी पुस्तक **Importance of Living** में लिखते हैं, "मन की वास्तविक शांति बुरी से बुरी परिस्थितियों को स्वीकार कर लेने से आती है। एक बार यदि बुरी से बुरी चीज़ को प्रसन्नतापूर्वक स्वीकार कर लिया जाए तो मनुष्य के दिल से भय और खतरा दोनों खत्म हो जाते हैं। क्योंकि मानसिक शांति उस अवस्था का नाम है, जिसमें आपने बड़ी से बड़ी मुसीबत को भी प्रसन्नचित्त होकर स्वीकार कर लिया है।
- जब आप किसी दशा को मानसिक तौर पर स्वीकार कर लेते हैं, तो इसका अर्थ है कि आपने उस दशा का परिणाम सहने के लिए स्वयं को तैयार कर लिया है। ऐसा करने से मन में जो भय होता है, वह खत्म हो जाता है और एक नई शक्ति का संचार होता है।
- तत्पश्चात बदली हुई परिस्थितियों को सुधारने व संकट के निवारण का उपाय सोचें। जो कुछ हो गया है, उसकी चिन्ता न करें क्योंकि उससे आपके विवेक व सोचने-समझने की शक्ति पर बुरा असर पड़ता है। इस बात की परवाह न करें कि ये संकट कैसे और क्यों आया, बल्कि यह सोचें कि इस संकट से कैसे निकला जा सकता है।

- यदि उस संकट अथवा समस्या का कोई हल, कोई उपाय आपके पास नहीं तो उसे भगवान भरोसे छोड़ दो। इसके अतिरिक्त वैसे भी कोई विकल्प नहीं बचता, तो चिन्ता करने का क्या लाभ?
- डा॰ जी. कोलेकेट कैनर ने लिखा है, "कोई स्थिति या हालात हमें दुखी नहीं करते। दुखी तो हमें केवल वह ढंग करता है जिससे हम उस स्थिति को अपनाते हैं।
- प्राय: किसी मनुष्य के हालात इतने बुरे नहीं होते। होते भी हैं तो सदा ही बुरे नहीं रहते। लेकिन उसके द्वारा उन हालात को अनुचित ढंग से अनुभव करना ही उसके दुख का कारण हो जाता है।

अध्याय सोलह की स्मरण रखने योग्य बातें

- जिस क्षण आपको लगे कि आपके हृदय में भय, फिक्र, तनाव आदि के विचार आ रहे हैं, तत्काल अपने मन को अच्छे विचारों की ओर ले जाएं ताकि तनावपूर्ण भावों के स्थान पर शांति व प्रसन्नता के भाव उत्पन्न हों।
- अपना मुख्य विचार सदा याद रखें, "मैं अपने विचार व व्यवहार में सदैव शांत एवं प्रसन्न रहूंगा।"
- यदि आप निश्चिन्त हैं तो खूब हंसें, खेलें।
- बुरे अर्थात् विषम हालात में भी स्वयं को अधिक से अधिक प्रसन्न रखें।
- क्रोध न करें।
- दुख को बार-बार मन में न दोहराएं।
- पराजय को विजय में बदलने की कोशिश करें।
- मन को शांत रखें।
- जो विपत्ति आ पड़ी है उसे शांतिपूर्वक सहन करें।
- धैर्य न छोड़ें। जिन हालात को आप बदल नहीं सकते उन्हें स्वीकार कर निश्चय व सूझ-बूझ से सुधारने का प्रयास करें।
- विपत्ति में भी किसी का बुरा न करें, न सोचें।

❑❑❑

17

आपकी छः मौलिक आवश्यकताएं

प्रत्येक मनुष्य की छः मौलिक आवश्यकताएं होती हैं। इन छः में से यदि एक मौलिक आवश्यकता भी पूर्ण न हो तो वह बेचैन, उचाट और उदास रहने लगता है एवं फलस्वरूप चिन्ता का शिकार हो जाता है। जब तक उसकी वह आवश्यकता पूरी नहीं हो जाती, उसका हृदय स्थिर नहीं हो पाता। ऐसा मनुष्य चाहे कितना हंसमुख मधुर व मिलनसार क्यों न हो, उसका अंतर्मन अशांत रहता है। ये छः मौलिक आवश्यकताएं निम्नलिखित हैं।

1. प्रेम या प्यार की भावना

प्यार पाने की इच्छा केवल मनुष्य को ही नहीं, सभी प्राणियों को होती है। प्रत्येक व्यक्ति, चाहे वह स्वयं दूसरों से कितनी ही घृणा करता हो, यह चाहता है कि कम से कम एक व्यक्ति उसे अवश्य प्यार करे। दूसरों से प्रेम व आदर पाकर हमारा आत्मविश्वास बढ़ता है। जीवन सरस व रुचिपूर्ण बन जाता है।

वात्सल्य: बच्चे को माता-पिता के प्रेम की आवश्यकता होती है। जो बच्चे बाल्यावस्था में अनाथ हो जाते हैं अथवा अपरिहार्य परिस्थितियों के कारण अनाथालय में पलते-बढ़ते हैं, वे प्राय: इस स्नेह से वंचित रहते हैं। हेंस क्रिश्चियन एंडरसन लिखते हैं, "मेरे पास 80 प्रतिशत मुजरिम उन घरों से आते हैं, जिनमें बच्चों को प्यार व सहानुभूति नहीं मिलती। माता-पिता का प्रेम व सहारा, बच्चों में सुरक्षा व आत्मविश्वास की भावना जगाता है, जो जीवन की कठिनाइयों से लड़ने के लिए बेहद ज़रूरी है।"

दांपत्य प्रेम: पति-पत्नी के बीच प्रेम व प्रेम की निरंतर अभिव्यक्ति बहुत आवश्यक है, चूंकि दोनों जीवन पर्यंत परस्पर गृहस्थी के उत्तरदायित्वों को उठाते हैं अत: यदि इनमें से कोई भी एक दूसरे को प्रेम से वंचित रखता

है, तो दरअसल वह अपने ही जीवन की शांति व सुख भंग कर रहा होता है। अनेक महिलाएं इसी वजह से हिस्टीरिया का शिकार हो जाती हैं व पुरुष पत्नी के प्रेम न मिलने से अपने काम अथवा व्यवसाय में भी ध्यान केन्द्रित नहीं कर पाते। अतः जीवन के इस महत्वपूर्ण रिश्ते को सरस व प्रेमपूर्ण बनाने का प्रयास करना चाहिए।

कामुक प्रेम: यह भी एक मौलिक आवश्यकता है। पति-पत्नी के बीच कामुक आकर्षण व प्रेम होना अत्यन्त आवश्यक है। वह विवाह कभी सुखमय सिद्ध नहीं होता, जिसमें काम अनुभव (**Sexual Experience**), प्रेम व भय संतोषजनक न हो। यदि किसी कारण वश कामुक प्रेम का आकर्षण समाप्त हो जाए तो पति-पत्नी दोनों ही असंतुष्ट व चिड़चिड़े हो जाते हैं। ऐसे लोगों की चिन्ता का निवारण भी कठिन होता है क्योंकि वे संकोचवश चिन्ता का मूल कारण नहीं बताते।

वृद्धों से प्रेम: वृद्धों को भी प्रेम की आवश्यकता होती है। आज के तेज़ी से भागते भौतिक सुख प्रधान समाज में वृद्धजन पीछे छूटते जा रहे हैं। ज्यों-ज्यों मनुष्य की आयु वृद्धावस्था की ओर बढ़ती है, वह अकेला होता जाता है। जिन लोगों से वह प्रेम करता था, वह एक-एक करके इस संसार से कूच करते जाते हैं व संतान काम धंधे, सफलता व सुख की तलाश में निकल जाते हैं।

परिवार वृद्धजनों के लिए एक महत्वपूर्ण सहारा होता है। अतः परिवार के युवा सदस्यों को चाहिए कि जिस प्रकार वृद्धजनों ने उनके लालन-पालन की ज़िम्मेदारी बखूबी निभाई, उसी प्रकार वे भी वृद्धजनों को प्यार व सम्मान दें। सुरक्षा की भावना उन्हें चिन्ता से दूर रखती है। प्रायः देखा गया है कि वृद्धावस्था के रोग वास्तव में चिन्ता रोग होते हैं, जिसका कारण होता है, दुख, अकेलापन व उदासी।

2. सुरक्षा की भावना

फ्रॉयड के अनुसार मनुष्य को प्रेम की ज़रूरत होती है। एडलर का कहना है कि मनुष्य प्रसिद्धि चाहता है और जुंग (**Jung**) के अनुसार मनुष्य को सुरक्षा चाहिए। दरअसल मनुष्य को तीनों की आवश्यकता है और ये तीनों बातें परस्पर संबंधित भी हैं।

आप स्वयं को सुरक्षित समझते हैं यदि :

- आपके पास वर्तमान व भविष्य की ज़रूरतों को पूरा करने के लिए पर्याप्त धन हो।

- आपके जीवन व धन की रक्षा हो।
- अपने स्वास्थ्य के प्रति निश्चिंत हों और यह भी विश्वास हो कि दुख तकलीफ़ में आपको कोई सहारा दे सकता है।
- बच्चों की ओर से सम्मान व आदर पाने के प्रति आप आश्वस्त हों।

प्रत्येक व्यक्ति को पूर्ण रूप से सुख मिलना असंभव है इसीलिए वह किसी न किसी बात की चिन्ता करता रहता है। कुछ को स्वास्थ्य की चिन्ता होती है तो कुछ को भविष्य की, तो कुछ लोगों को अपने बच्चों पर विश्वास नहीं होता। लेकिन भय अथवा चिन्ता करने से न तो सुरक्षा मिल सकती है न ही चिन्ता से मुक्ति। अत: चिन्ता से श्रेष्ठ है कि हम सुरक्षा पाने का प्रयास करें।

3. सृजनात्मक स्वतंत्रता

बच्चा मिट्टी के खिलौने बनाकर खुश होता है, स्त्री सिलाई, कढ़ाई, करके अथवा बागवानी करके, तो चित्रकार को चित्र बनाने में प्रसन्नता होती है। इसी प्रकार कोई भी व्यक्ति यह नहीं चाहता कि वह सदैव किसी दूसरे की इच्छा के अधीन रहे। वह अपनी इच्छानुसार काम करना चाहता है। अमेरिका के प्रसिद्ध मनोवैज्ञानिक एफ. वॉघन के अनुसार, "कुछ करके दिखाने से मनुष्य को प्रसन्नता मिलती है। मनुष्य को संतोष व शांति तभी मिलती है जब वह अपनी इच्छा का काम पूरा ज़ोर लगाकर दिखाए।"

प्रत्येक मनुष्य की मनोकामना होती है कि वह इस दुनिया में कुछ मौलिक कर दिखाए। यदि कुछ कर दिखाने का यह अवसर परिस्थितिवश उसे प्राप्त नहीं होता, तो वह निराश हो जाता है। इसे एक घटना द्वारा व्याख्यायित किया जा सकता है:

संतोष एक शिक्षित लड़की थी। उसका विवाह बलवंत नामक युवक से हुआ। संतोष को अच्छा पति व घर मिला था। उसकी सास बहुत अच्छी थी। संतोष भी सास का कहा मानती। उसके दो बच्चे भी हो गए किन्तु संतोष को लगता कि वह अपने घर में नहीं बल्कि अपनी सास के घर में रह रही है क्योंकि जो भी काम वह करती, सास की इच्छानुसार ही करती। विवाह से पूर्व उसकी बड़ी इच्छा थी कि वह अपना घर खुद बनाए-सजाए संवारे। लेकिन सास को नाराज़ किए बिना वह यह कार्य नहीं कर सकती थी। संतोष ऐसा

नहीं करना चाहती थी। नतीजतन उसका स्वास्थ्य दिन प्रतिदिन बिगड़ने लगा। बलवंत एक समझदार युवक था। उसे जल्द ही संतोष की बीमारी का कारण समझ आ गया। उसने अपने मां-पिता को समझा कर अपने मकान की ऊपरी मंजिल पर अपना घर बना लिया जिसे सजाने व संभालने की पूरी स्वतंत्रता संतोष को थी। धीरे-धीरे संतोष बिल्कुल स्वस्थ हो गई और अपनी सास से भी उसके संबंध नहीं बिगड़े।

4. सम्मान व प्रशंसा

विश्व प्रसिद्ध मनोवैज्ञानिक सर विलियम का कथन है कि मानवीय व्यक्तित्व की प्रमुख और गहन इच्छा यह है कि उसकी प्रशंसा हो। यह विचार कि 'मेरी आवश्यकता किसी को नहीं' मनुष्य को मानसिक व शारीरिक तौर पर नष्ट कर देता है। प्रत्येक व्यक्ति चाहता है कि उसके कामों की प्रशंसा हो विशेष कर उन लोगों द्वारा जिनके लिए वह परिश्रम करता है। कई बार मनुष्य उचित ढंग व ईमानदारी से परिश्रम करने के बावजूद, प्रशंसा व पहचान नहीं बना पाता जिससे वह हताश हो जाता है।

चित्रकार अपने चित्र का सम्मान चाहता है। जो उसके काम का सम्मान नहीं करता, उसे वह दाम लेकर भी चित्र नहीं देना चाहता। अपने काम के लिए सम्मान व प्रशंसा की इच्छा करना एक प्राकृतिक गुण है। उदाहरण के तौर पर गृहिणी को ही लें। वह सुबह से रात तक परिश्रम करती है। लेकिन प्राय: इस परिश्रम को न तो सम्मान मिलता है न ही मान्यता। उनके पति यह समझते हैं कि यह सब कार्य करना पत्नी का साधारण कर्तव्य है अत: इसकी क्या प्रशंसा करना। बच्चे भी समझते हैं कि मां केवल अपना फर्ज निभा रही है लेकिन यदि वे उस गृहिणी के काम का आदर व प्रशंसा करें, जो उनकी देखभाल में जीवन बिता रही है तो वे उसको खुश तो करेंगे ही,उसे स्वस्थ भी रख सकेंगे। जो स्त्रियां काम करते-करते शीघ्र थक जाती हैं, उनकी थकावट का कारण उनके काम व परिश्रम का निरादर है। चाहे पुरुष हो या स्त्री, यदि उसके काम व मेहनत की प्रशंसा होती रहे तो वह काम से कभी नहीं थकती।

इसी प्रकार वृद्धों को भी प्रशंसा की ज़रूरत होती है। वृद्धावस्था में मनुष्य चाहता है कि जो कुछ उसने मेहनत से बनाया-संवारा है उसका सम्मान हो। अपने बच्चे की प्रशंसा भी आवश्यक है किन्तु उसकी इतनी प्रशंसा भी नहीं करनी चाहिए कि वह बिगड़ जाए। उसका आत्मविश्वास बढ़ाने व प्रोत्साहित करने के साथ-साथ उसे उचित निर्देश भी देते रहना चाहिए। यदि बच्चों में से

कोई एक अपेक्षाकृत कम योग्य हो तो उसे उसके भाई-बहनों से तुलना करके हीन भावना का ग्रास नहीं बनने देना चाहिए। ऐसा बच्चा अपने भाई बहनों से पीछे रह जाता है और उदास व बेचैन भी हो जाता है। उसका स्वाभिमान भी खत्म हो जाता है। कई बार ऐसे बच्चे माता-पिता का ध्यान अपनी ओर आकर्षित करने के लिए बुरे मार्ग पर चलने लगते हैं। अत: अपने सभी बच्चों की समान रूप से प्रशंसा करें और परस्पर तुलना करें। क्योंकि हरेक बच्चा अपने में योग्य व महत्वपूर्ण होता है।

5. नवीन प्रयोग

कुछ ऐसे कार्य हैं जो आपको जीवन भर करने होते हैं जैसे कि जीविकोपार्जन व गृहस्थी संभालना। स्वभावानुसार एक ही काम को बार-बार करने से ऊब होने लगती है।

प्रत्येक मनुष्य अपने जीवन में किसी न किसी प्रकार का परिवर्तन चाहता है। यह बदलाव उसके काम, रहने के स्थान, मित्रों इत्यादि में हो सकता है। अपने रोज़मर्रा के काम को छोड़ कर कविता लिखना, चित्र बनाना घूमने जाना या गपशप करने से जीवन सरस हो जाता है। इस संदर्भ में नेपोलियन हिल ने लिखा है, ''प्रत्येक मनुष्य को अपने मानसिक वातावरण में परिवर्तन की उसी प्रकार आवश्यकता है जैसे वह अपने कपड़ों व खाने-पीने की चीज़ों में करता है। जब मन को अपने नित्यप्रति के वातावरण से बाहर नए विचार और नए दृश्य मिलते हैं तो वह अधिक चुस्त हो जाता है तथा और अधिक रुचि व साहस से काम करने के लिए तैयार हो जाता है।''

6. स्वाभिमान

प्रत्येक व्यक्ति स्वयं को विशेष समझता है और चाहता है कि अन्य लोग भी उसे इसी दृष्टि से देखें परन्तु जब लोग उसका आदर नहीं करते तो उसे क्रोध आता है, क्योंकि उसके आत्म सम्मान को चोट पहुंचती है। यह मनुष्य की एक प्राकृतिक इच्छा है कि उसके अस्तित्व व अहं का सम्मान किया जाए। चाहे युवा हो, स्त्री, बालक या वृद्ध सभी आत्म-सम्मान चाहते हैं। वृद्धों में चिन्ता रोग का एक कारण उनके आत्म-सम्मान का बच्चों द्वारा अनादर भी होता है। अत: अपनी पत्नी व बच्चों की दूसरे लोगों के सामने निंदा नहीं करनी चाहिए। पुरुषों का ऐसा रूखा व तिरस्कारपूर्ण व्यवहार उनकी स्त्रियों के अस्वस्थ होने का कारण हो जाता है।

यदि किसी के स्वाभिमान पर बार-बार प्रहार होता रहे तो उसके अंतर्मन में बुरी भावनाएं उत्पन्न होने लगती हैं और अंततः वह किसी न किसी मानसिक रोग का शिकार हो जाता है। लेकिन स्वाभिमान भी यदि एक सीमा में रहे तो वह एक गुण होता है लेकिन अत्यधिक स्वाभिमान अहंकार का रूप धारण कर लेता है जो नकारात्मक भाव है।

आप अपनी मौलिक आवश्यकताएं कैसे पूर्ण कर सकते हैं–

- यदि आपको कोई प्यार नहीं करता तो आप दूसरों को प्यार करें। लोगों से वैसा ही प्रेम करें जैसा आप अपने लिए चाहते हैं। बाइबल में लिखा है, "जिस प्रकार का व्यवहार आप लोगों से करवाना चाहते हैं, उसी प्रकार का व्यवहार आप उनसे करें।"
- यदि आपको अपनी सुरक्षा का भय है तो सोच-समझ कर सुरक्षा का प्रबंध करें। उचित प्रबंध करने के बाद चिन्ता न करें।
- अगर आप चाहते हैं कि लोग आपकी प्रशंसा व आदर करें तो आप भी उदार हृदय से उनकी प्रशंसा व आदर कीजिए।
- यदि कोई आपके स्वाभिमान को आहत करे तो क्रोध में न आकर अपने हृदय को शांत रखें।

अध्याय सतरह की स्मरण रखने योग्य बातें

प्रत्येक मनुष्य की छः मौलिक आवश्यकताएं हैं। इन छः में से यदि एक भी आवश्यकता पूरी न हो तो मनुष्य भीतर से व्याकुल रहता है। ये छः मौलिक आवश्यकताएं हैं; प्रेम, सुरक्षा, सृजनात्मक स्वतंत्रता, सम्मान व प्रशंसा, नवीन प्रयोग व स्वाभिमान।

सुखद जीवन के लिए इन छः आवश्यकताओं का पूरा होना ज़रूरी है। आप अपनी मनोवैज्ञानिक आवश्यकताएं इस प्रकार पूरी कर सकते हैं:

- लोगों को प्यार करें।
- अपनी सुरक्षा का उचित प्रबंध करें, शेष नियति के हाथों छोड़ दें।
- दूसरों की उदार हृदय से प्रशंसा करें, उचित सम्मान दें।
- नवीन प्रयोगों के लिए मनोरंजन का उचित प्रबंध करें।
- दूसरों के स्वाभिमान को आहत न करने का प्रयास करें। उनसे वैसा ही बर्ताव करें जैसा आप अपने लिए चाहते हैं।

❑❑❑

18

पूर्ण प्रौढ़ता तथा अपरिपक्वता

मानसिक रोगों का कारण बहुत हद तक जीवन के संकटों को अनुचित ढंग से सुलझाना है। उचित ढंग वह है जिससे हम स्वयं को अपने वातावरण के अनुसार ढाल कर जीवन पर्यन्त प्रसन्नता प्राप्त कर सकें।

पूर्ण परिपक्वता क्या है

पूर्ण परिपक्वता का अर्थ है जीवन की रोजमर्रा की कठिनाइयों का इस तरीके से सामना करने का विवेक, जिससे हमारा जीवन आनंददायी बन सके। जिस प्रकार एक बच्चा छोटा सा संकट पड़ने पर हड़बड़ा जाता है उसे अपरिपक्वता कहते हैं। परिपक्व व विवेकशील व्यक्ति में भावनात्मक स्थिरता होती है व अपरिपक्व व्यक्ति में भावनात्मक अस्थिरता।

पूर्ण परिपक्व कैसे बनें

ज़िम्मेदारी व स्वतंत्रता: परिपक्व होने के लिए उत्तरदायित्वों का उचित निर्वाह व आत्मनिर्भरता बहुत ज़रूरी है। बाल्यावस्था से ही हम किसी न किसी पर आश्रित होते हैं। हमारी आरंभिक निर्भरता माता-पिता पर होती है, किन्तु धीरे-धीरे यह निर्भरता कम होनी चाहिए अन्यथा बच्चा कितना भी बड़ा क्यों न हो जाए उसमें अपने निश्चयों व कार्यों के प्रति आत्मविश्वास नहीं आ पाता। वे स्वयं कोई महत्वपूर्ण व विवेकशील फैसला नहीं कर पाते अत: उन पर व्यर्थ संकट भी आ पड़ते हैं।

अत: बच्चों की सहायता इस ढंग व इस सीमा तक करनी चाहिए कि वे बड़े होकर आत्मनिर्भर हो सकें। चिन्ता रोगों के मरीज़ का यह महत्वपूर्ण चिन्ह है कि वह दूसरों का आसरा ढूंढते हैं। वे स्वयं को सुरक्षित अनुभव नहीं

करते। दूसरों का सहारा लेने की जो तीव्र इच्छा उनमें होती है वही उनके रोगों का कारण होती है। अत: चिन्ता रोगी को आत्म-निर्भर होना सीखना चाहिए ताकि वे अपने नित्य प्रति के काम ज़िम्मेदारी व स्वतंत्रता से करें।

भिखारी बनने की अपेक्षा दयालु बनो: "वास्तविक खुशी देने में है, लेने में नहीं। यदि अपने हाथ से कभी कुछ नहीं दिया तो आप जीवन का वास्तविक आनंद कभी प्राप्त नहीं करेंगे।"**–रिचर्ड कोलिअर**

प्रत्येक बालक के दिल में सदैव कुछ न कुछ लेने की ही इच्छा रहती है। वह अपने हाथ से कुछ देना नहीं जानता लेकिन अपनी मनचाही चीज लेना चाहता है। बड़े होने पर भी हमारी यही प्रवृत्ति रहती है। कोई भी काम करने से पहले प्रत्येक व्यक्ति यही सोचता है कि 'इसमें मुझे क्या मिलेगा?' उसे 'लेने' में खुशी होती है, क्योंकि उसे नहीं मालूम कि 'देने' में कितना आनंद है। हम चीजें पाने की अपेक्षा रखते हैं और जब इच्छानुसार वह नहीं मिलती तो हम दुखी हो जाते हैं और अंतत: चिन्ता का शिकार होते हैं।

जब एक मनुष्य दूसरे का कोई काम करता है तो उसके पीछे दो प्रमुख भाव होते हैं; मैं इसे कितना लाभ पहुंचा सकता हूं? और मुझे इससे कितना लाभ होगा। वास्तविक व स्थिर प्रसन्नता किसी को लाभ पहुंचाने में होती है। समझदार व्यक्ति सदैव दूसरों के जीवन को आनंदमय बनाने का प्रयत्न करता है। सदैव 'लेने' की इच्छा रखना तंगदिली व अपरिपक्वता का चिन्ह है, 'देने' की आदत मनुष्य को स्वार्थी बनने से रोकती है।

अहं व प्रतिस्पर्द्धा का त्याग: जो मनुष्य ईर्ष्या से अपनी तुलना दूसरों से करता रहता है, वह सदा ही दुखी रहता है, उसके हृदय को कभी शांति नहीं मिलती। ऑस्कर वाइल्ड का कहना है, "हर व्यक्ति अपने मित्र की बुरी अवस्था से सहानुभूति रखता है, परन्तु कोई बहुत ऊंचे और सच्चे व्यक्तित्व वाला व्यक्ति ही उसकी सफलता से प्रसन्न होता है।"

जहां ईर्ष्या और प्रतिस्पर्धा की भावना मनुष्य के अंदर वैर-विरोध को उत्पन्न करती है वहीं अहं उसके अंदर स्वार्थ व आत्म केन्द्रित प्रकृति को जन्म देता है। मनुष्य का अहंकार उसके भीतर प्रतिस्पर्धा की भावना को और तीव्र कर देता है जिससे वह उन लोगों से घृणा करने लगता है, जिनसे वह अपनी तुलना करता है।

प्रतिस्पर्धा की भावना कुछ हद तक तो अच्छी है क्योंकि यह हमें सफलता की ओर अग्रसर होने के लिए प्रोत्साहित करती है, किन्तु यदि यह सीमा पार कर जाये तो बहुत बुरी चीज़ बन जाती है। अपनी हिम्मत व परिश्रम से किसी को पछाड़ना उचित है किन्तु धोखे से हानि पहुंचाना गलत है। जब मुकाबले की भावना में ईर्ष्या के विचार आ जाएं तो इससे मनुष्य में तनाव भय, हीन भाव उत्पन्न होता है। ये चीजें जीवन को दुखदायी बना देती हैं। जो लोग प्रतिस्पर्धा की भावना से प्रेरित हो अनुचित ढंग से प्रगति करते हैं, उनमें सदैव तनाव बना रहता है क्योंकि उनमें हमेशा यही इच्छा रहती है कि किसी भी हालत में वे ही दूसरों से आगे निकलें।

घृणा व अत्याचार करने की अपेक्षा प्यार और नम्रता से रहना: बहुत से लोग, क्रोध, घृणा व अत्याचार में शक्ति की अभिव्यक्ति मानते हैं किन्तु यह बिल्कुल ग़लत है। ये चीजें मनुष्य की कमजोरी व भय प्रकट करती हैं। अत्याचारी व्यक्ति कभी वास्तविक रूप से बहादुर व साहसी नहीं होता। प्रेम, उदारता व दया न सिर्फ बड़प्पन के चिन्ह हैं बल्कि ये मनुष्य के साहसी होने का प्रमाण भी होते हैं।

पूर्ण परिपक्वता यथार्थ और भ्रम की पहचान करती है: वह भी लोग अपने काल्पनिक दुखों को स्वयं प्रोत्साहित कर अपने सुखों को नष्ट कर लेते हैं। एक बालक कल्पना व यथार्थ में कोई फर्क नहीं समझता। दरअसल वह इस फर्क को समझने का प्रयत्न भी नहीं करता। उदाहरण के लिए यदि बच्चे को कहा जाए कि चांद उसका 'मामा' है तो वह इसे सहर्ष मान लेता है।

इसी प्रकार वयस्क लोगों में भी यही प्रवृत्ति पाई जाती है। कई लोग किसी संकट के आने से पहले ही उसकी कल्पना कर चिंतित होने लगते हैं। अत: वे अपने काल्पनिक भयों के भार से कभी निकल नहीं पाते। फ्रॉयड ने यथार्थ व वहम का एक सुंदर उदाहरण दिया है: कल्पना करें कि एक व्यक्ति जंगल में जा रहा है, यदि उसे सांप के काटने का ध्यान आ जाए तो यह एक वास्तविकता है। किन्तु जो व्यक्ति घर बैठा है और उसे यह विचार आए कि कालीन के नीचे से सांप न निकल आए, तो वह व्यक्ति वहमी है।

आगामी भय व फिक्र: कई लोगों की बुरी आदत होती है कि वे बहुत सी बातों की पहले से ही चिन्ता लगा लेते हैं। जिन बातों की वे पहले से ही चिन्ता करते रहते हैं; उनमें से 90% कभी नहीं घटती। आगामी चिन्ता

की आदत से भावनात्मक अस्थिरता आती है जो हमारे जीवन को दुखपूर्ण कर देती है। सर विलियम ऑसलर के जीवन का एक नियम था, "केवल आज के कामों की ओर ध्यान दो, कल की चिन्ता बिल्कुल मत करो। पीछे जो भूल कर आए हो, उसे सोच कर समय न गंवाओ।"

जो कठिनाइयां मनुष्य पर आ पड़ती हैं, उनका सामना वह भलीभांति कर लेता है लेकिन जिन कठिनाइयों की चिन्ता उसे रहती है, वे जब तक सामने न आएं, तब तक उसके हृदय में भय, घबराहट व एक रहस्य बना रहता है जो मानसिक रोगों का कारण बन जाता है।

उदाहरण के लिए श्रीमती 'ब' मेरे पास सिरदर्द, थकावट व दिल तेज़ी से धड़कने के इलाज के लिए आई। पूरी जांच व एक्सरे आदि के बाद उसके शरीर के किसी अंग में कोई रोग न निकला। उसकी बातचीत ने उसके रोग को हमारे सामने प्रकट कर दिया। उस महिला का कहना था, "मेरा शरीर हर समय तनाव में रहता है। मैं चिड़चिड़ी हो गई हूं। मैं बाज़ार सौदा लेने जाती हूं, तो मुझे चिन्ता होने लगती है। कभी लगता है कि बच्चे बाहर सड़क पर खेल रहे हैं, किसी मोटर के नीचे न आ गए हों। कभी ध्यान आता है कि हीटर शायद लगा ही रह गया है, घर में आग न लग गई हो। सौदा लेते हुए मुझे इन ख्यालों से इतनी घबराहट होने लगती है कि हाथ-पांव ठंडे पड़ जाते हैं, माथे पर शिकन आ जाती हैं और मैं जैसे-तैसे बिना कोई सामान खरीदे घर वापस आ जाती हूं।"

इस प्रकार की चिन्ता से मनुष्य अपना अनमोल जीवन मिट्टी में मिला देता है। दरअसल ऐसे लोग जिन कठिनाइयों के आने की संभावना में बैठे रहते हैं, उनमें से 90% कभी नहीं आती। अतः संकट के आने से पहले ही अपने जीवन को चिन्ता का घुन लगा कर नष्ट करना मूर्खता है।

श्रेष्ठ होने का भ्रमः एक और प्रकार का भ्रम बहुत से लोगों के दुखों का कारण है। लोग स्वयं को बहुत ऊंचा मान कर अपना एक बहुत सुंदर चित्र मन में बना लेते हैं, परन्तु वास्तव में वे ऐसे नहीं होते। वे स्वयं को बहुत ऊंचे जीवन स्तर के योग्य मानते हैं। संभव है कि वे योग्य हों भी। लेकिन वास्तविक परिस्थितियां उन्हें वैसा जीवन नहीं देतीं तो वे बहुत दुखी हो जाते हैं।

परिस्थितियों के अनुसार स्वयं को ढाल लेनाः जो मनुष्य परिवर्तित हो रही परिस्थितियों के अनुसार स्वयं को व्यवस्थित कर ले, वही परिपक्वता

का महत्वपूर्ण चिन्ह है। तूफान-आंधी आने पर जो वृक्ष झुक जाते हैं, वे टूटने से बच जाते हैं, किन्तु जो अकड़ कर खड़े रहते हैं, उन्हें आंधी जड़ से उखाड़ फेंकती है। जब भाग्य साथ न दे तो मनुष्य के लिए उचित मार्ग यही है कि वह बुरी किस्मत की मार के आगे झुक जाए और नए वातावरण के अनुसार उस अवस्था को बदलने व सुधारने का प्रयास करे।

" हे परमात्मा! मुझे बुद्धि प्रदान कर कि जिन परिस्थितियों को मैं बदल नहीं सकता उन्हें सहनशीलता से स्वीकार करूं। जिनको बदल सकता हूं, उन्हें हिम्मत से बदलूं। और यह विवेक भी दे कि इन दोनों परिस्थितियों के अंतर को मैं समझ सकूं।" **–डॉ. राइनबोल्ड नेबूर**

अध्याय अठारह की स्मरण रखने योग्य बातें

- मनुष्य की चिन्ता का प्रमुख कारण बड़े-बड़े संकटों का आना नहीं; बल्कि जीवन की छोटी-छोटी बातों को उचित ढंग से न निबटा पाना है।
- रोज़मर्रा के संकटों को इस प्रकार निबटाना कि व्यक्ति को अधिक से अधिक खुशी मिले व कम से कम चिन्ता हो, यही पूर्ण परिपक्वता का चिह्न है। संकट आने पर जो मनुष्य धैर्य नहीं छोड़ता और दृढ़ निश्चय से उसका सामना करता है वह पूर्ण परिपक्व है।
- जो मनुष्य कठिनाई आने पर अधीर हो जाता है, दुख व चिन्ता का शिकार हो जाता है, वह अपरिपक्व है।

पूर्ण परिपक्वता के निम्नलिखित गुण हैं:

क) उत्तरदायित्व व आत्म-निर्भरता

ख) 'लेने' की अपेक्षा 'देने' की प्रवृत्ति रखना

ग) अहं व प्रतिस्पर्धा का त्याग करना

घ) इस बात का ज्ञान होना की क्रोध, घृणा, अत्याचार आदि मनुष्य की कमज़ोरी है और प्रेम, सहानुभूति उदारता-उसकी शक्ति के चिह्न हैं।

च) वास्तविकता व भ्रम में अंतर समझना

छ) परिस्थितियों के अनुसार स्वयं को ढाल लेना।

❑❑❑

19

सुखमय जीवन जीने के ढंग

"यदि कोई मनुष्य प्रसन्न नहीं तो इसमें उसका ही दोष है, क्योंकि परमात्मा ने मनुष्य को प्रसन्न रहने के लिए ही बनाया है"।

–इपिकटिटस

मानसिक शांति के लिए यह आवश्यक है कि हमारे रोजमर्रा के कार्य कलाप उचित ढंग से हों। अनुचित ढंग के प्रयोग से हृदय में भावनात्मक अस्थिरता रहती है। इसलिए हमें यह पता होना चाहिए कि जीवन जीने का कौन सा ढंग हमारे लिए सुखकर है। सुखकर जीवन के कुछ उचित ढंग इस प्रकार हैं;

सादा जीवन

"विश्व के महान सत्य, सफलताएं सादी होती हैं और इसी प्रकार विश्व के महान पुरुष भी बिल्कुल साधारण होते हैं।"

जीवन सादा रखने में मानसिक शांति है। अपने आसपास की छोटी-छोटी चीज़ों में प्रसन्नता प्राप्त करें। दूर की बड़ी-बड़ी व मूल्यवान चीजों के प्रति आकर्षित होने की आदत चिन्ता का मूल स्रोत बन जाती है। प्रायः देखा जाता है कि धन आने पर मनुष्य अपने मनोरंजन के लिए कीमती चीजें हासिल करने में लग जाता है जिससे मनोरंजन के स्थान पर तनाव ही होता है। यदि हम अपने आसपास मौजूद दुनिया से आनंद लेना सीख जाएं तो जीवन की आधी थकावट मिट जाती है। सुंदर फूल, छोटी-तितलियां, बच्चे की खिलखिलाहट, नदी की गुनगुनाहट इन सभी चीज़ों को खरीदना नहीं पड़ता, ये सब चीजें प्रकृति की देन हैं जो हमारे हृदय को हल्का व प्रसन्न कर सकती हैं। वैसे भी सच तो यह है कि खुशी हमारे बाहर नहीं भीतर होती है और

यह खुशी दुनिया की छोटी-छोटी नियामतों से भी प्रेरित हो सकती है। जिस मनुष्य का जीवन सादा होता है उसे मानसिक व शारीरिक तनाव भी कम होता है। इस संदर्भ में रीडर्स डाइजेस्ट में छपा एक पुत्र के नाम एक मां के पत्र का कुछ अंश हम यहां देते हैं:

"यदि तू खुश रहना चाहता है तो चित्र बना, बागवानी कर .... घर की टूटी-फूटी चीज़ों की मरम्मत कर .... खुशी हासिल करने के ये बहुत साधारण व सस्ते साधन हैं। तेरे पड़ोसी व अन्य लोगों का यह कर्तव्य नहीं कि तेरी खुशी के लिए सुविधाएं प्रदान करें। बल्कि यह तो तेरा अपना कर्तव्य है कि तू स्वयं प्रसन्न रह और दूसरों को भी प्रसन्न रख।"

हर समय शरीर पर ही ध्यान न दें

अनेक लोगों में यह बुरी आदत होती है कि वे अपने शरीर में कोई न कोई नुक्स ढूंढते रहते हैं। वे सदा अपने शरीर को टटोलते रहते हैं कि कहीं किसी अंग में कोई विकार तो नहीं, कोई दर्द तो नहीं। प्रत्येक मनुष्य को शरीर के किसी न किसी अंग में थोड़ा बहुत दर्द अवश्य रहता है, किन्तु हम उसकी तरफ ध्यान नहीं देते अतः हमें दर्द महसूस भी नहीं होता।

चीन के प्रसिद्ध दार्शनिक लिन यू टांग का कथन याद रखना चाहिए, "यदि छोटी सी तकलीफ़ पर ध्यान न दें तो वह स्वयं समाप्त हो जाती है और यदि बड़ी तकलीफ़ की ओर ध्यान न दें तो वह कम होकर छोटी सी रह जाती है।"

चिंतित व्यक्ति मामूली तकलीफ़ की ओर ध्यान देकर उसे राई से पहाड़ बना देता है।

कल्पना करें कि एक व्यक्ति के गले में मामूली सा कष्ट है। वह एक घंटा अपना ध्यान गले के उस दर्द की ओर लगाए तो एक घंटे बाद वह अनुभव करेगा कि उसके गले में तीव्र पीड़ा हो रही है और गला बंद हो रहा है। यह एक मामूली सी पीड़ा की ओर ध्यान देने का परिणाम है।

कई बार डाक्टर भी जल्दबाजी में मरीज़ के हृदय में दिल की अथवा रक्तचाप की बीमारी का भय डाल देते हैं। किसी भी मरीज़ को उसकी बीमारी बताने से पूर्व डाक्टर को पूरी तरह आश्वस्त हो जाना चाहिए कि उसे क्या रोग है, अन्यथा मरीज़ व्यर्थ ही घबरा जाता है, चिन्ता करने लगता है।

काम से प्यार करें

प्रायः लोगों का विचार होता है कि बिना काम-काज के मनुष्य बहुत प्रसन्न

रहता है लेकिन यह सच नहीं। प्रसिद्ध अंग्रेज़ी लेखक सेम्युअल स्माइल्ज का कथन है, "खाली रहना एक बहुत बड़ी लानत है।" बेकार व खाली व्यक्ति को वास्तविक खुशी नहीं प्राप्त होती। यह बात अलग है कि जो लोग कुछ काम करके जीविकोपार्जन करते हैं उन्हें खाली बैठे व्यक्ति बड़े सुखी प्रतीत होते हैं।

प्रत्येक व्यक्ति को खुशी से काम करने की आदत डालनी चाहिए। मनोवैज्ञानिकों ने यह बात सिद्ध कर दी है कि जो मनुष्य खुशी से दिल लगा कर काम नहीं करता उसका अंतर्मन बुरी भावनाओं से ग्रस्त रहता जो बहुत से रोगों का कारण बन जाता है और काम न करने से आर्थिक हालत कमज़ोर होती है। सैम्युअल स्माइल्ज़ के अनुसार "खाली रहना मनुष्य के दिल को धीरे-धीरे यूं खा जाता है जैसे लोहे को जंग।"

औरिसन एस. माडर्न इसका खुलासा करते हुए लिखते हैं–काम केवल पुरस्कार या धनार्जन के लिए नहीं किया जाता। यह मनुष्य के चरित्र व गुणों को निखारता है। केवल इस बात का सहारा लेकर कि हमें पारिश्रमिक इच्छानुसार नहीं मिलता, हमें लापरवाही और अनुचित ढंग से काम करके अपने चरित्र व गुणों को बिगाड़ने का कोई अधिकार नहीं। हमें अपना काम पूरी ईमानदारी से करना चाहिए। ईमानदारी का अर्थ है –कि आप अपने काम को सोच विचार कर सावधानी से पूरी तरह व ठीक करें। प्रत्येक काम और प्रत्येक विचार में सच्चाई बरतें।

पारिश्रमिक अधिक व काम कमः जॉर्ज डब्ल्यू. स्मिथ ने उचित ही लिखा है, "यदि आप अपने कार्य को नेक-नीयती से इसलिए नहीं करते कि आपको आपकी ईमानदारी का बदला आय के रूप में नहीं मिलता तो आप स्वयं को ही हानि पहुंचा रहे हैं, अपने चरित्र को बिगाड़ रहे हैं।

कई लोगों का लक्ष्य कम से कम काम करके अधिक से अधिक धन कमाने का होता है। ऐसा व्यवहार उचित नहीं, क्योंकि इस प्रकार आप जिसके लिए काम कर रहे हैं, उसका नुकसान तो करते ही हैं लेकिन साथ ही अपने व्यक्तित्व में भी निम्न स्तर का काम करने की आदत डाल लेते हैं, जो आपके भविष्य के लिए हानिकारक सिद्ध हो सकता है। जो लोग ऐसा करते हैं उनका मन अपराधग्रस्त होता है इसीलिए वह सदैव अशांत व तनावपूर्ण बना रहता है।

यदि काम को केवल जीविकोपार्जन का साधन मान कर ही करें तो उससे हमें कोई लगाव नहीं रहता। हमें यह जानना चाहिए कि काम हमें सिर्फ धन ही नहीं बल्कि आत्मविश्वास व संतोष भी प्रदान करता है। काम करते हुए हम निरंतर कुछ न कुछ नया सीखते रहते हैं। अतः कार्य हमारे व्यक्तित्व

के विकास में सहायक होता है। काम को यदि रुचि व लगाव से किया जाए तो उससे मनुष्य कभी नहीं थकता। अमेरिका के प्रसिद्ध डाक्टर, चार्ल्स मेओ के अनुसार, ''मैंने आज तक किसी मनुष्य को अधिक काम करने के कारण मरते हुए नहीं देखा।''

काम को लगन व परिश्रम से करते हुए व्यक्ति बीमार नहीं होता व अनावश्यक एवं नकारात्मक विचारों से भी दूर रहता है। कार्य तो प्रत्येक मनुष्य को करना ही पड़ता है। यदि हम हंसी खुशी व रुचि से काम करेंगे तो हमें परिश्रम में सुख व संतोष मिलेगा। लेकिन यदि चिड़चिड़ाते हुए काम करेंगे तो वही काम एक बोझ बन जाएगा जिससे कष्ट ही होगा।

पारिश्रमिक से अधिक काम करें: अपने वेतन से अधिक काम करने के निम्नलिखित लाभ हैं:

1. आपके मन पर कोई बोझ नहीं रहता जिससे आपको प्रसन्नता व शांति मिलती है।
2. आपको अपने मालिक का कोई भय नहीं रहेगा बल्कि मालिक को यह भय रहेगा कि कहीं आप नौकरी छोड़ कर न चले जाएं।
3. जब आपको यह विश्वास होगा कि आप अपने वेतन से अधिक व अच्छा काम करते हैं तो आपको कहीं भी काम मिल जाने की संभावना रहेगी बेरोज़गारी का भय सनाप्त हो जाएगा।

कुछ समय के लिए इस सिद्धांत का अनुकरण करके देखें, आप पाएंगे कि लोग आपको सहर्ष आपके कार्य के अनुसार वेतन देने लगेंगे। विश्व में जितने भी महान व्यक्ति हुए हैं, वे इसी सिद्धांत का अनुकरण कर सफल हुए हैं।

कार्य करने के लाभ: वे लोग प्रसन्न हैं जो काम करते हैं किन्तु जो अपने काम से प्यार भी करते हैं, वे अत्यंत प्रसन्न हैं।'' –जॉर्ज डब्ल्यू स्मिथ

कार्य करना भी चिन्ता रोग का एक इलाज है। इस विषय में अर्ल ऑफ डर्बी कहते हैं, ''काम मनुष्य को छोटी-छोटी परेशानियों व छोटी-छोटी चिढ़ाने वाली बातों से बचाए रखता है।'' काम में व्यस्त रहने से मनुष्य के विचार नकारात्मक मोड़ नहीं लेते। इससे शरीर थकता भी है और यह थकावट अच्छी नींद प्रदान करती है। जिन लोगों को चिन्ता के कारण रात को नींद नहीं आती, उन्हें शारीरिक श्रम करने का सुझाव दिया जाता है। काम एक प्रकार का नशा है और यह नशा किसी भी मदिरा से अधिक प्रबल होता है। अत: काम करना चिन्ता रोग की सबसे सस्ती व अच्छी दवा है।

श्री बर्टन के अनुसार, ''काम न करना तन और मन दोनों के लिए विष है। खाली बैठे रहना सम्पूर्ण समस्याओं व झगड़ों की जड़ है। मानसिक रूप से खाली रहना शारीरिक परिश्रम न करने से भी अधिक बुरा और हानिकारक है। जैसे स्थिर जल में कीड़े मकोड़े व मच्छर आदि पैदा हो जाते हैं, उसी प्रकार निठल्ला बैठने से बुरे व हानिकर विचार उत्पन्न होते हैं। इसलिए चाहे कोई कितना भी धनी हो, उसे जीवन की खुशी वास्तविक अर्थों में तभी प्राप्त होगी जब वह प्रिय लगने वाला काम करे अथवा अपने कार्य से प्यार करे।

पिछले महायुद्ध के दौरान किसी ने सर विंस्टन चर्चिल से पूछा, ''क्या आपको अपने काम और ज़िम्मेदारियों की चिन्ता रहती है? (उन दिनों चर्चिल दिन में 18 घंटे काम किया करते थे) तो चर्चिल ने उत्तर दिया, ''मैं अपने काम में इतना उलझा हुआ हूं कि मेरे पास चिन्ता करने का वक्त ही नहीं है।''

एक महिला मेरे पास अनिद्रा के इलाज के लिए आई। उसने बहुत उपाय किए लेकिन उसे नींद नहीं आती थी। मेरे पूछने पर उसने अपनी समस्या बताई, ''मेरा जवान और इकलौता लड़का घर से लड़ कर चला गया है। एक साल से उसका कुछ पता नहीं। उसकी कोई खैर-खबर भी नहीं। मुझे हर समय उसकी चिन्ता लगी रहती है। मेरी भूख भी मर गई है और नींद भी नहीं आती।''

इस महिला के कष्ट का कारण चिन्ता थी। मैंने उसे सुझाव दिया कि वह अपने घर का सारा काम अपने हाथों से करे। उसने बात मान ली और घर के छोटे काम से लेकर बड़ा से बड़ा काम अपने हाथों से करने लगी। सुबह पांच बजे से रात दस बजे तक काम में जुटी रहती। नतीजा ये हुआ कि रात में थक कर चूर हो जाती और गहरी नींद में सो जाती।

मनोरंजन का साधन अवश्य रखें

प्रत्येक व्यक्ति का पसंदीदा काम, अर्थात् हॉबी अवश्य होनी चाहिए। यह मनुष्य को जिम्मेदारियों से निकाल कर बेपरवाहियों की ओर ले जाती है और इस प्रकार व्यक्ति का ध्यान हर समय की खींचातानी से कुछ समय के लिए दूर हो जाता है। हॉबी से व्यक्ति का संबंध उनके मनपसंद चीजों से होता है जिससे वह खुश रहता है।

हॉबी अनेक प्रकार की हो सकती है, जैसे खेलना, चित्र बनाना, फोटोग्राफी पुरानी टिकटें इकट्ठी करना, बागवानी, इत्यादि। चुटकुले, कहावतें व प्रसिद्ध व्यक्तियों के विचार व कथन इकट्ठे करना भी एक अच्छी हॉबी है।

बिना किसी ऐसे शौक के अपना खाली समय व्यतीत करना कठिन हो जाता है। जैसा कि कहा भी गया है कि खाली दिमाग़ शैतान का घर होता है। ऐसी स्थिति में मन स्वत: नकारात्मक बातें सोचने लगता है। मनोरंजन चूंकि व्यक्ति का मनोनुकूल कार्य होता है इसलिए उसका ध्यान अन्य बातों की ओर नहीं जाता। इसलिए वह चिन्ता रहित रहता है। इस संदर्भ में डाक्टर सिंडलर का एक केस बताना उचित होगा:

"श्रीमती एन. को 50 वर्षों से पेट में कोई न कोई तकलीफ़ रहती थी। वह हर समय, हर किसी से अपनी इसी तकलीफ़ के दुखड़े बताती रहती थी। आसपास के सभी लोग यहां तक कि उसके परिवार के लोग भी उसकी इन बातों से तंग आ चुके थे। उससे बात करना कोई भी पसंद न करता।

एक दिन जब वह मुझे अपनी तकलीफों के बारे में बता रही थी तो मैंने उसे टोकते हुए कहा, "आप अपनी कोई हॉबी क्यों नहीं रखतीं?" उसने मेरी यह बात अनसुनी कर अपनी रामकहानी जारी रखी लेकिन लगभग पंद्रह दिन बाद उसने मुझे फोन पर बताया कि उसने एक हॉबी बना ली है - बटन इकट्ठे करना।

तब से मैं उसे अनेक प्रकार बटन इकट्ठा करते देख रहा हूं। इस हॉबी ने उसके स्वास्थ्य को बहुत लाभ पहुंचाया है। वह पहले से काफी अच्छी हो गई है। अब वह हर किसी से अपने रोग का दुखड़ा नहीं बताती, बल्कि अपना शौक व उनके शौक के बारे में बातचीत करती है, उसने आस-पड़ोस में दोस्त भी बना लिए हैं।"

मनोरंजन मनुष्य को चिन्ता रोग से तो दूर रखता ही है, मनोरंजन के रूप में किया गया काम उसके लिए एक बड़ी उपलब्धि भी होती है जिससे उसके भीतर आत्मविश्वास व उत्साह बना रहता है।

संतुष्ट रहना सीखें

संतुष्ट व्यक्ति कभी निर्धन और असंतुष्ट व्यक्ति कभी धनी नहीं होता। यद्यपि पैसे के बिना मनुष्य निर्धन होता है लेकिन ऐसा धनी अधिक निर्धन है जिसके पास धन के अतिरिक्त और कुछ नहीं है। प्रत्येक व्यक्ति को अपनी वर्तमान परिस्थिति से संतुष्ट रहना सीखना चाहिए। असंतोष के अनेक कारण हो सकते हैं। कई लोग इसलिए असंतुष्ट रहते हैं कि उनके द्वारा किए गए उपकारों के प्रति अन्य लोग कृतज्ञता नहीं करते। जब कोई व्यक्ति उसका

आभारी रहेगा। किन्तु यह आशा ही असंतोष का मूल बन जाती है। क्योंकि उपकार को भूल जाना एक आम आदत है। अमेरिका के करोड़ पति हैनरी फोर्ड ने अपने बहुत से संबंधियों व मित्रों की आर्थिक सहायता की थी। लेकिन आपको जानकर आश्चर्य होगा कि बाद में उनमें से अनेक लौग ही उसके शत्रु बन गए। अत: कोई भी नेक काम करके भूल जाएं। आप उपकार इसलिए करें चूंकि आपको ऐसा करने से शांति व खुशी मिलती है; इसलिए न करें कि आपको दूसरे व्यक्ति से कृतज्ञता की उम्मीद है।

उचित प्रकृति तो यह है कि यदि कोई व्यक्ति आपकी सहायता करता है उसे जी भर कर धन्यवाद दें और यदि आप किसी की सहायता करते हैं तो धन्यवाद की आशा न रखें।

असंतोष की आदत बचपन से ही पड़ जाती है और प्राय: यह आदत बच्चे मां-बाप से ही ग्रहण करते हैं। अत: अपने मौजूदा हालात के प्रति सदैव शिकायत करते रहने की बजाए उनका सकारात्मक पहलू देखकर प्रसन्न व संतुष्ट रहने का प्रयास करें।

स्पेन की कहावत है, जो हम पसंद करते हैं, वह हमें मिल नहीं सकता, इसलिए जो कुछ मिलता है, उसे ही पसंद कर लो। रोजमर्रा के जीवन में असंतोष की अपेक्षा संतोष हासिल करना सुगम है। आवश्यकता इस बात की है कि आपके भीतर संतुष्ट रहने की इच्छा हो। बहुत से लोग मानते हैं कि जीवन दुखों की खान है लेकिन यदि आप संतुष्ट रहना सीख जाएं तो यही जीवन सुख व आनंद का खजाना बन सकता है।

इस संदर्भ में एक वृद्ध का कथन याद आता है, ''मैंने सिर्फ एक बार छोड़कर अपनी अवस्था की कभी शिकायत नहीं की। एक बार शिकायत तब की, जब मेरे पैर नंगे थे और मेरे पास जूते खरीदने के लिए पैसे नहीं थे। लेकिन जब मुझे ऐसा व्यक्ति मिला, जिसके पैर ही नहीं थे, तो मेरे मन में संतोष आ गया।''

एक मध्यम वर्ग के व्यक्ति का उदाहरण लें। सबसे पहले उसकी इच्छा हुई एक बढ़िया व महंगा कैमरा लेने की। इतने पैसे उसके पास न थे लेकिन उसने वह खरीद ही लिया। फिर उसका मन हुआ प्रोजेक्टर खरीदने का। प्रोजेक्टर के लिए भी उसने जैसे-तैसे पैसे इकट्ठे किए व खरीद लिया। फिर इच्छा हुई कि कूलर खरीद लें। यह भी उसकी हैसियत से बाहर था, फिर भी उसने कूलर खरीद लिया। परिणाम यह हुआ कि उसके परिवार में दिन-प्रतिदिन की ज़रूरतों को पूरा करना भी कठिन हो गया। उसके मन का चैन

छिन गया। सारी मनचाही चीजें खरीदने के बाद भी वह व्याकुल था और मन में हर समय यही उहापोह लगी रहती कि ये लूं, ये न लूं।

इस व्यक्ति के लिए उचित बात तो यह थी कि वह उन वस्तुओं से खुश होने का प्रयास करता जो उसे सहज प्राप्त हो सकती थीं। किन्तु वह इसके ठीक विपरीत आचरण कर रहा था, जिसका परिणाम मानसिक अशांति थी।

संतोष मनुष्य की बहुत बड़ी पूंजी है। यह मनुष्य को स्वार्थी बनने से रोकता है और ईर्ष्या के विचार का भी हनन करता है। संतोष के संदर्भ में ईरान की यह लोक कथा बहुत प्रसिद्ध है;

ईरान का एक बादशाह चिन्ता रोग का शिकार हो गया। बहुत इलाज करवाने पर भी उसे आराम न आया। अंत में एक समझदार व्यक्ति ने उसे सलाह दी कि वह अपने राज्य के सबसे संतुष्ट व्यक्ति की एक कमीज़ पहने। बादशाह ने किसी पूर्ण संतुष्ट व्यक्ति की खोज का आदेश दे दिया। आश्चर्य की बात है कि उसके राज्य के सबसे संतुष्ट व्यक्ति के बदन पर कमीज़ ही नहीं थी।

प्रसिद्ध मनोवैज्ञानिक शोपेनहार कहते हैं, ''जो कुछ हमारे पास होता है उस ओर हम ध्यान नहीं देते और जो कुछ हमारे पास नहीं होता, उसके विषय में हम हर समय सोचते रहते हैं। यह हमारे संपूर्ण दुखों का कारण है।''

हमारी मानसिक शांति इस बात पर निर्भर नहीं कि हम क्या हैं, कहां रहते हैं या हमारे पास कितना धन है? ये केवल हमारे निजी विचारों पर निर्भर है। पैसा केवल शारीरिक सुख की वस्तुएं देता है, मानसिक सुख केवल पैसे से प्राप्त नहीं होता। संतोष व असंतोष मन की दो अवस्थाएं हैं। इनका संबंध बाह्य वस्तुओं से नहीं, मनुष्य के अंतर्मन से है। अनेक लोग बहुत कुछ होते हुए भी प्रसन्न नहीं रहते। उनके पास धन होता है लेकिन उन्हें और भी धन की इच्छा होती है। अभाव की यह भावना उन्हें निर्धन बना देती है। सब कुछ होते हुए भी उनके हृदय में असंतोष व अशांति रहती है। इस संदर्भ में यह प्रश्न प्रायः उठता है कि क्या संतोष मनुष्य को सुस्त नहीं बना देता? क्या यह मनुष्य की उन्नति में बाधा नहीं है?

लेकिन यह उचित नहीं। संतुष्ट रहने से हमारा आशय है कि अपने हालात सुधारने का प्रयत्न छोड़ना नहीं है। संतुष्ट रहने से हमारा अभिप्राय है वर्तमान परिस्थितियों में प्रसन्न रहते हुए शांति से बेहतरी का प्रयास करना। सफलता की सीढ़ी एक-एक करके ही चढ़ी जाती है। अतः एक बहुत ऊंचा लक्ष्य बना कर चलने की बजाए हमें निरंतर धीरे-धीरे सफलता के प्रति प्रयास रत रहना चाहिए।

घृणा न करें

''यदि आप प्यार नहीं कर सकते तो घृणा भी न करें। आज की दुनिया में हम एक-दूसरे के बहुत करीब रहते हैं। अनेक अजनबी लोगों से बसों, रेलगाड़ियों इत्यादि में मिलते हैं। हमें उन्हें पसंद न करना मानसिक शांति के लिए बहुत हानिकारक है। मामूली-सी बात पर किसी से नाराज होकर मन की शांति भंग करना मूर्खता है।

जो लोग हमारे विचारों से सहमत नहीं हैं उनसे हमें घृणा नहीं करनी चाहिए बल्कि उनके दृष्टिकोण को समझने का प्रयत्न करना चाहिए।

कई लोगों की आदत होती है सदा दूसरे लोगों में नुक्स निकालते रहने की। कभी किसी की प्रशंसा नहीं करते, निंदा करना उनकी आदत बन जाती है। ऐसे लोग प्रायः चिन्ता रोग से ग्रस्त हो जाते हैं। उन्हें सदैव यह शिकायत रहती है कि दुनिया में उनका सम्मान करने वाला कोई नहीं। लेकिन वास्तविकता यह है कि ''जिसे कोई अच्छा व्यक्ति नज़र नहीं आता, निश्चित है कि वह स्वयं अच्छा नहीं है।''

मेरा एक रोगी सरकारी दफ्तर में हेड क्लर्क है, वह सदा ही बीमार रहता था। जब उसकी तकलीफ शुरू होती तो उसका सारा शरीर कांपने लगता था, बेहद कमज़ोरी आ जाती और चक्कर आने शुरू हो जाते। कुछ समय में ही उसे यह दौरा अक्सर आने लगा। दरअसल यह बीमारी उसने खुद ही लगाई थी। उसका एक सहायक क्लर्क था। जब वह पहली बार दफ्तर में आया तो हेड क्लर्क को अच्छा न लगा। सहायक को पान खाने की आदत थी व काम करते हुए जमीन पर पैर मारते रहने की भी आदत थी। पैरों की हरकत से लगातार टिक-टिक की आवाज़ आती रहती। हेड क्लर्क को यह चीज़ भी अच्छी नहीं लगती थी। हेड क्लर्क को उससे धीरे-धीरे नफरत होने लगी, और अंततः यह नफरत उसकी बीमारी का कारण बन गई। जैसे ही वह दफ्तर जाता, उसकी तकलीफ़ शुरू हो जाती। बाद में उसकी यह हालत हो गई कि अपने इस सहायक के ख्याल से ही उसे दौरा पड़ने लगता।

मैंने उसे सुझाव दिया कि वह अपने सहायक से दोस्ती करे, उसके अच्छे व्यवहार की प्रशंसा करे तथा उसके दोषों पर ध्यान देना छोड़ दे।

उसने मेरे सुझाव का पूर्णतः पालन किया और कुछ ही समय में वह बिल्कुल स्वस्थ हो गया।

संभव है कि आपको हर व्यक्ति की हरेक आदत पसंद न आए लेकिन उसकी उसी आदत पर ध्यान देना व इस वजह से उसे नापसंद करना अनुचित है। जो लोग ऐसा करते हैं, वे बहुत आत्म-केन्द्रित होते हैं और मित्र नहीं बना पाते और परिणामस्वरूप जब वे स्वयं को अकेला पाते हैं तो उनमें हीन भावना जन्म लेती है, जो उन्हें दुखी कर देती है।

समाज में कोई भी व्यक्ति अकेला नहीं रह सकता। हम सब एक दूसरे के सहारे जीते हैं। अतः सुखपूर्ण जीवन व्यतीत करने के लिए आवश्यक है कि हम अपना अकेलापन छोड़ दूसरे लोगों से मिलजुल कर रहें। जब हम किसी से घृणा करते हैं तो अपनी ही प्रसन्नता, स्वास्थ्य व नींद खो बैठते हैं।

जब मनुष्य घृणा के प्रबल आवेग में जकड़ जाता है तो उसका विवेक भी ठीक प्रकार काम नहीं करता। भारत के बंटवारे के समय जो भयानक व पाशविक अत्याचार दो सम्प्रदायों के बीच हुए, वे घृणा के ही परिणाम थे और उससे किसी का भला नहीं हुआ।

फ्लोरेंस स्कावेल अपनी पुस्तक 'गेम ऑफ लाइफ' में लिखते हैं, ''यदि आप किसी से घृणा करते हैं तो इसके बदले आपको घृणा ही मिलेगी। यदि प्यार करते हैं तो प्यार मिलेगा। जो बोओगे, वही काटोगे, यह प्रकृति का नियम है। इसमें न कोई अदला-बदली हो सकती है, न कोई कुछ कर सकता है।''

प्रत्येक व्यक्ति का स्वभाव व आचार-विचार भिन्न होता है। यदि दूसरे के आचरण से हमारा मतभेद है, तो भी उससे घृणा करना मूर्खता है।

कल्पना करें कि किसी व्यक्ति ने कोई बुरा काम करके आपको नुकसान पहुंचाया है और आप उसके इस कृत्य के प्रति रोष प्रकट करना चाहते हैं। ऐसी अवस्था में स्वयं पर संयम रख, इस प्रकार रोष प्रकट करें ताकि उस व्यक्ति के हृदय में आपके प्रति क्रोध या नफरत पैदा न हो। यदि कोई व्यक्ति बार-बार समझाने पर भी बुरा काम करने से बाज़ नहीं आता, तो उचित सख्ती बरतें। लेकिन यह भी बदले की भावना से नहीं करना चाहिए।

कई बार क्रोध प्रकट करना आवश्यक व समयानुकूल भी होता है। किन्तु छोटी-छोटी बात पर चिड़चिड़ाना स्वास्थ्य के प्रति हानिकारक होता है।

यदि आप अपने शत्रु से घृणा करने की आदत डाल लेंगे तो धीरे-धीरे आप अपने मित्रों से भी वैसा ही व्यवहार करना शुरू कर देंगे। इस विषय में एफ. डब्ल्यू एबर्टसन के यह शब्द उपयुक्त बैठते हैं, ''यदि आपको घृणा ही करनी है, तो झूठे दिखावे, बेईमानी, बुजदिली, अत्याचार, क्रोध व ईर्ष्या से घृणा करें।

ईर्ष्या छोड़ दें

ईर्ष्या भी घृणा की तरह एक नकारात्मक भाव है। ईर्ष्या से प्रेरित होकर मनुष्य चीज़ों को आतिशी शीशे से देखने लगता है और राई का पहाड़ बना कर झूठ को सच बना देता है।

ईर्ष्या प्राय: उस समय पैदा होती है जब मनुष्य उस वस्तु को प्राप्त करना चाहता है जो दूसरों के पास तो है लेकिन उसके पास नहीं। ईर्ष्या से प्रेरित होकर हम यह सोचने लगते हैं कि हम किन-किन चीज़ों से वंचित हैं और यह नहीं देख पाते कि कौन-कौन सी अच्छी चीजें हमारे पास हैं। नतीजतन हम चिन्ता रोग के शिकार हो जाते हैं।

यह बात ध्यान देने योग्य है कि ईर्ष्या प्राय: उनसे की जाती है जो हमारे परिचित अथवा संबंधी हों। ईर्ष्या आत्म-प्रेम व स्वार्थ के साथ-साथ भय और घृणा भी उत्पन्न करती है। इसके वशीभूत होकर हम अन्य लोगों के साथ अच्छे संबंध नहीं बना सकते क्योंकि यह हमेशा दूसरों के प्रति एक वैर भाव को हृदय में जीवित रखती है।

इस संदर्भ में इब्राहम लिंकन ने उचित ही कहा है, ''जो स्वयं बेघरबार है उसे दूसरों के घर नहीं गिराने चाहिए बल्कि खुद को शक्तिशाली व होशियार बना कर अपना घर बनाने का पूरा प्रयत्न करना चाहिए।''

छोटी-छोटी बातों पर न चिढ़ें

इस जीवन में हर व्यक्ति को कोई न कोई दुख अथवा चिन्ता लगी ही रहती है। यही जीवन का नियम है। कारोबार अथवा घरेलू मामलात में ऐसा होना स्वाभाविक ही है। लेकिन जहां तक संभव हो, हमें छोटी-छोटी बातों पर ध्यान देकर स्वयं को चिंतित व तनावग्रस्त नहीं होने देना चाहिए। जीवन एक बार ही मिलता है अत: समय बहुत मूल्यवान है। जहां तक हो सके अपने समय को प्यार, सहानुभूति, सेवा व खुशी में बिताने का प्रयत्न करना चाहिए।

कृतघ्नता

अनेक लोग इसलिए नाराज़ हो जाते हैं कि दूसरे लोग उनके द्वारा किए गए उपकारों का सम्मान नहीं करते वरन् उन्हें भूल जाते हैं। लेकिन इस बात पर नाराज़ अथवा दुखी होना उनकी भूल है।

ईसा मसीह ने एक बार दस कोढ़ियों को अपने आध्यात्मिक तेज से ठीक कर दिया था। लेकिन जब उन्होंने पीछे मुड़ कर देखा, तो उनमें से 9 कोढ़ी उनका धन्यवाद किए बिना ही जा चुके थे। केवल एक कोढ़ी दूर खड़ा था, जो दूर से ही धन्यवाद देकर चलता बना। यदि ईसा मसीह से लोगों का यह व्यवहार था तो आप इससे बेहतर व्यवहार की आशा नहीं रख सकते।

प्राय: लोग कृतघ्न होते हैं। कृतघ्न होना बहुत आसान है और कृतज्ञ होना बहुत कठिन। किसी व्यक्ति को कृतज्ञता की आदत डालने के लिए उसे बचपन से ही कृतज्ञ होने की शिक्षा देनी चाहिए। बच्चे प्राय: मां-बाप की ही नकल करते हैं। यदि मां-बाप बच्चों के सम्मुख किसी के द्वारा किए गए उपकार अथवा सहायता का धन्यवाद करते हैं तो बच्चे भी कृतज्ञ होना सीख जाते हैं अन्यथा नहीं। उदाहरण के लिए मान लें कि आपकी बहन ने आपको एक स्वेटर भेजा है। आपको चाहिए कि आप बच्चों के सामने अपनी बहन की स्वेटर की प्रशंसा करें तथा बहन को धन्यवाद भी दें। इससे आपकी बहन तो खुश होगी ही, आपके बच्चे भी कृतज्ञता धीरे-धीरे सीख जाएंगे।

किसी को धन्यवाद देना, उसे बिना किसी प्रयास के प्रसन्न करना है। धन्यवाद करने के तीन प्रमुख लाभ हैं:

1) लोगों से काम करवाने का यह सुगम तरीका है।

2) लोगों में आप लोकप्रिय हो सकते हैं।

3) इस प्रकार लोगों से सरलतापूर्वक संवाद बनाया जा सकता है।

आस-पड़ोस में रुचि लें

दूसरों की भलाई में अपना तन-मन लगाओ, अपने काम में स्वयं को भूल जाओ, प्रसन्न जीवन का यही राज़ है।

अपने आस-पड़ोस के लोगों से मित्रता करें तथा उनके क्रिया-कलापों में उचित रुचि लेकर उसकी सहायता करें। किसी की निजी जिंदगी में दखलंदाज़ी न करें। किन्तु सामाजिक दायित्व अवश्य निभाएं। इससे परिचितों की संख्या बढ़ती है व आपके आस-पास मैत्रीपूर्ण वातावरण स्थापित होता है। डाक्टर एल्फ्रेड अपनी पुस्तक में लिखते हैं, ''इस विश्व में सबसे अधिक कठिनाइयों का सामना वह व्यक्ति करता है जो अपने भाई-बन्धुओं व मित्रों में दिलचस्पी नही लेता। दूसरे लोगों से हानि भी ऐसे ही व्यक्ति को पहुंचती है।''

सदैव मधुर बोलें

अनेक लोग ऐसे हैं, जिनकी ज़बान हमेशा कड़वी रहती है। वे कभी मधुर नहीं बोलते और इस प्रकार अपना तथा दूसरों का जीवन दुखपूर्ण बना देते हैं। मीठा बोलने से हम दूसरों को तो खुश करते ही हैं, अपने आसपास भी सौहार्दपूर्ण वातावरण बना लेते हैं। कड़वे बोल प्राय: संबंधों में गलतफहमी पैदा कर देते हैं। मधुर बोलना सबसे सरल है और यह आपको समाज में लोकप्रिय भी बनाता है तथा आपके अंतर्मन को स्वस्थ रखता है।

सदैव हंसते हुए उठें

सुबह सोकर उठने के बाद मन में हंसी-खुशी के विचार लाने का प्रयत्न करें। यदि घर के आसपास बगीचा है तो उस पर नज़र दौड़ाएं। फूल व हरियाली आपको खुश रहने के लिए प्रेरित करेगी। आसपास के लोगों से मधुर संवाद करें तथा ईश्वर ने जो कुछ आपको दिया है, उसके लिए ईश्वर को धन्यवाद दें। जीवन के उज्ज्वल पहलू की ओर ध्यान दें। यह व्यवहार शेष सारा दिन खुशी व शांति से व्यतीत करने में आपकी सहायता करेगा।

जब आप सुबह उठ कर हंसेंगे, प्रकृति की प्रशंसा करेंगे तथा ईश्वर को धन्यवाद देंगे तो आपके हृदय में अच्छे विचार पैदा होंगे। परन्तु यदि आप नकारात्मक विचारधारा व उदास मन से जागेंगे, दूसरों से लड़ेंगे व ईश्वर को कोसेंगे तो स्वाभाविक है कि आपके मन में बुरे आवेग ही पैदा होंगे जो आपको दिन भर क्रोधित व उग्र बनाते रहेंगे।

मनुष्य का हंसमुख होना एक महत्वपूर्ण गुण है। हंसने से चेहरे पर झुर्रियां नहीं आतीं व हंसना रक्तचाप को नियंत्रित रखता है, जिससे हम अनेक रोगों से बचे रहते हैं। अपने परिवार से हंसना बोलना चाहिए और बच्चों को भी खिलखिला कर हंसने की आदत डालनी चाहिए। टेलीरेंड के अनुसार - "हंसो और मोटे हो जाओ।" अत: हंसना प्रत्येक रोग की दवा होती है।

अपने संकटों का समाधान शीघ्र निर्णयों से करें

जो मनुष्य इस बात से डर कर तुरंत फैसला नहीं करता कि वह कोई गलती न कर बैठे, तो जब भी वह कोई निर्णय करता है, गलत ही करता है।" -जेम्स एलन

प्रत्येक व्यक्ति को अपने कार्य व्यवहार व घर के विषय में अनेक प्रकार के निर्णय करने पड़ते हैं। बहुत से लोग छोटी सी बात पर भी बहुत देर तक

सोचते रहते हैं फिर भी किसी निर्णय पर नहीं पहुंचते। ये चिंतित होने व आत्मविश्वास से रहित होने का चिह्न भी होता है। किसी बात को बार-बार सोचने से किसी उचित निर्णय पर पहुंचना और भी कठिन हो जाता है। और आवश्यकता से अधिक सोचते रहने से सिर में दर्द भी हो जाता है।

कहा जाता है कि नेपोलियन वाटरलू का युद्ध जीत जाता, यदि वह आक्रमण करने का निर्णय शीघ्र ले लेता। वह दोपहर तक कोई निर्णय न ले पाया और नतीजतन लड़ाई हार गया।

अत: हमें आवश्यकता से अधिक किसी विषय में सोच कर निर्णय टालते नहीं रहना चाहिए। दुविधा चिन्ताओं का स्रोत होती है। अत: शीघ्र निर्णय करना चाहिए और उस पर दृढ़ रहना चाहिए। सर विलियम जेम्स के अनुसार, "जब एक बार निर्णय कर लो तो उसके परिणाम की चिन्ता न करते हुए उसे पूर्ण करने के लिए अपना पूरा मनोबल लगा दो।"

यहां आशय यह नहीं कि कोई भी निर्णय हड़बड़ाहट में लिया जाए, बल्कि तात्पर्य यह है कि सोच समझ कर निर्णय लिया जाए, उसे अनावश्यक चिन्ता से टाला न जाए। दुविधा में रहने व तुरंत निर्णय न ले पाने से निम्नलिखित हानियां होती हैं जैसे, चिन्ता रोग लग जाता है, निर्णय उचित नहीं हो पाता, बार-बार निर्णय बदलने से आत्मविश्वास खत्म हो जाता है, मन अशांत रहता है।

इस संदर्भ में एक बात और याद रखने योग्य है। वह है विलियम ऑसलर का सुनहरा सिद्धान्त, "आज के दिन केवल आज के कामों के विषय में ही सोचो।" आने वाले अर्थात् भविष्य की बातों के बारे में पहले से ही सोचकर सिर दर्द या पेट दर्द आदि जैसे रोग न लगा लें। और यदि अतीत में कोई गलत फैसला करके आपने कष्ट भोगा है तो उसकी चिन्ता का घुन लगा कर वर्तमान में बीमार होने का कोई लाभ नहीं, बल्कि अतीत की ग़लतियों से सीख कर अपने निर्णयों को सुधारने का प्रयत्न करें।

भविष्य में क्या होगा, इस बात का अविश्वास मनुष्य के भीतर घबराहट व चिन्ता उत्पन्न करता है। इस तथ्य को मनोवैज्ञानिकों ने निम्नलिखित उदाहरण द्वारा पुष्ट किया है – लोहे का एक ऐसा पिंजरा लें जिसके अंदर दो भाग हों। उसका एक दरवाज़ा काले रंग तथा दूसरा सफेद रंग का हो। सफेद दरवाजे के पीछे रोटी रख दें और काले दरवाज़े के साथ एक बिजली का तार लगा दें। जब चूहा काले दरवाज़े की ओर भागेगा तो उसे करंट लगेगा परंतु जब वह सफेद दरवाज़े की ओर जाएगा तो उसके पीछे रोटी मिलेगी। इसलिए वह रोटी

के लिए हर बार सफेद दरवाजे की ओर जाएगा। फिर आप बिजली का तार सफेद दरवाजे में लगा दें और रोटी काले दरवाज़े के पीछे रख दें। अब जब चूहा सफेद दरवाजे की ओर जाएगा तो उसको रोटी मिलने की जगह बिजली का करंट लगेगा। इस प्रकार बिजली का तार व रोटी को बार-बार कभी सफेद दरवाजे और कभी काले दरवाज़े के पीछे रख दें। इससे चूहे के भीतर अविश्वास व अनिश्चितता का भय पैदा हो जाएगा और वह यह निर्णय नहीं कर पाएगा कि रोटी किस दरवाज़े के पीछे है। कुछ समय बाद आप पाएंगे कि चूहा पिंजरे में घबराया हुआ इधर-उधर ठोकरें मार रहा है और कई बार उसका शरीर लकड़ी की भांति कठोर हो जाता है।

चूहे का यह उदाहरण चिंतित मनुष्य पर चरितार्थ होता है। हमें सदा यह ध्यान रखना चाहिए कि ग़लतियां तो हरेक से होती हैं। विश्व प्रसिद्ध हस्तियों ने भी महान् सफलता पाने से पूर्व ग़लतियां की थीं। अतः ग़लतियों से कभी घबरा कर निर्णय टालना नहीं चाहिए। कहा जाता है, ''गिरते हैं शहसवार ही मैदाने जंग में।'' शहसवार वही बन सकता है, जो गिरने पर भी हार नहीं मानता। यदि आप आज असफल रहे तो ज़रूरी नहीं कि भविष्य में भी आप असफल हो जाएं। दरअसल, असफलताएं हमें यह सिखाती हैं कि हमें क्या करना चाहिए व क्या नहीं करना चाहिए।

कालिदास द्वारा रचित एक श्लोक है जिसका अर्थ हमें सदैव याद रखना चाहिए, ''कल जो बीत गया, वह एक स्वप्न है। कल जो आना है, वह एक ख्याल है। परन्तु आनंदपूर्ण तरीके से व्यतीत हुआ आज का दिन अतीत के स्वप्न प्रसन्नतापूर्ण और भविष्य के ख्याल को आशापूर्ण बना देता है। इसलिए आज के दिन पूर्ण सुख व आनंद लो।''

बहुत से लोग इस आशा में जीते रहते हैं कि वे भविष्य में बहुत सुखी व प्रसन्न होंगे। वर्तमान क्षण, जो उनके हाथ में है उसे गंवा कर, जो अनिश्चित है उस भविष्य पर विश्वास किए बैठे रहते हैं। एक बालक सोचता है कि कॉलेज जाकर मौज होगी। युवा होकर सोचता है कि परिवार बन जाए तो वह सुख से रह सकेगा। इस प्रकार लगभग सारा जीवन अच्छा समय आने की प्रतीक्षा में बीत जाता है। अंत में एक ऐसा समय आता है जब मनुष्य के लिए अतीत ही होता है, भविष्य नहीं और तब उसे यह सोच कर क्षोभ होता है कि उसने अपना सारा जीवन इंतज़ार और चिन्ता में ही बिता दिया।

भावी संकटों के विचार से अपने जीवन को कभी दुखी नहीं बनाना चाहिए क्योंकि उनमें से 95% संकट वास्तविक रूप में घटित नहीं होते। इन संकटों का महज भय ही हमारे जीवन को नीरस व दुखपूर्ण बना देता है।

इस बात का प्रमाण बीमा कंपनियां हैं। मनुष्य बीमा इसी भय से करवाता है कि कहीं उसकी मृत्यु अचानक न हो जाए। बीमा कंपनी वाले शीघ्र ही व्यक्ति को विश्वस्त कर बीमा करवा लेते हैं क्योंकि वे जानते हैं, जिस आने वाली दुर्घटना से डर कर वह व्यक्ति बीमा करवा रहा है, वह घटित नहीं होगी। यदि यह बात सत्य न हो तो कोई भी बीमा कंपनी सफल न हो, सबका दीवाला निकल जाए। परन्तु मनुष्य के इस भय व भविष्य की चिन्ता करने की प्रवृत्ति का लाभ उठाते हुए बीमा कंपनियां हर वर्ष लाखों करोड़ों रुपये कमा रही हैं।

श्री 'पी' का उदाहरण ही लें - वे अच्छे खासे समृद्ध व्यक्ति हैं। उन्हें 12 वर्षों से यह भ्रम है कि उन्हें कोई रोग है और शीघ्र ही उनकी मृत्यु हो जाएगी। इसीलिए एक बड़ी रकम का बीमा उन्होंने करवा लिया है। लेकिन अब तक वे जीवित हैं और इस भय से कि कहीं शीघ्र ही मृत्यु न हो जाए, वे न अच्छा खा पाते हैं न ही अच्छा पहन पाते हैं।

इस व्यक्ति के भय का लाभ तो बीमा कंपनी ले रही है और दुख यह पा रहा है। दरअसल इसे कोई रोग नहीं वरन् भय व चिन्ता से उत्पन्न हुए शारीरिक लक्षणों ने इसके मन में हृदय रोग का भय उत्पन्न कर दिया है। उसे उत्तरदायित्वों तथा रोग का बोझ हर समय मानसिक व शारीरिक तनाव में रखता है, जिससे उसके परिवार का जीवन दुख पूर्ण हो गया है।

हर समय अपने भविष्य की चिन्ता में रहना सर्वथा मूर्खता है क्योंकि चिन्ता तो हमारे भविष्य को बदल नहीं सकती। भविष्य को अच्छा व आनंदमय बनाने का केवल एक ही उपाय है कि वर्तमान को प्रसन्नतापूर्वक व्यतीत करें।

जल्दबाज़ी से बचें

जिस प्रकार किसी भी कार्य अथवा निर्णय को टालते रहना अनुचित व हानिकर है, उसी प्रकार अनावश्यक जल्दबाज़ी का परिणाम भी बुरा होता है। जल्दबाजी मनुष्य के शरीर में तनाव उत्पन्न कर देती है। हड़बड़ाहट मन को अशांत करती है। महानगरों के जीवन में जल्दबाजी अपेक्षाकृत अधिक घर कर गई है और यही जल्दबाज़ी लोगों को अनेक प्रकार के रोगों का शिकार

बना रही है। जल्दबाजी से पैदा हुई घबराहट से बचने का एक तरीका यही है कि जो काम करवाना हो, उसके निश्चित किए समय से 10-15 मिनट पहले ही उसे करने के लिए तैयार हो जाएं। अमेरिका में प्रत्येक काम इतनी शीघ्रता से किया जाता है कि हर व्यक्ति दौड़ता ही नज़र आता है। नतीजतन प्राय: अमेरिकी लोग ब्लडप्रेशर के मरीज़ हो जाते हैं।

जल्दबाजी से दुर्घटना होने की संभावना भी अधिक रहती है। प्राय: दुर्घटनाओं के दो कारण होते हैं – जल्दबाजी और अपने काम की ओर पूरा ध्यान न देना। अत: हर काम हमें तसल्ली व विवेक से करना चाहिए।

अध्याय उन्नीस की स्मरण रखने योग्य बातें

- जीवन सादा रखें। सादगी जैसा कोई आभूषण नहीं।
- बीमारी की चिन्ता बीमारी को और अधिक बढ़ाती है।
- अपने काम से प्यार करें। उसे पूर्ण रुचि व लगन से करें।
- मनोरंजन का कोई साधन, कोई हॉबी अवश्य होनी चाहिए।
- जीवन में संतुष्ट रह कर बेहतरी का प्रयास करना सीखें।
- घृणा न करें। नफरत की आग नफरत करने वाले को ही जलाती है।
- छोटी-छोटी बातों पर चिड़चिड़ाएं नहीं।
- आस-पड़ोस के लोगों में दिलचस्पी लें, उनकी उचित सहायता करें।
- सदा मधुर बोलें। लोगों को खुश रखने व लोकप्रिय होने का यह सबसे सरल उपाय है।
- प्रात: हंसते हुए उठें। ईश्वर को धन्यवाद दें। इससे सारा दिन प्रसन्नता पूर्वक बीत जाता है।
- परिवार के साथ हंसें-बोलें, स्वस्थ संवाद रखें। मनुष्य के लिए प्रसन्नचित रहना उतना ही आवश्यक है जितना हरियाली के लिए धूप।
- कठिनाइयों का हल तुरंत निर्णय से लें। दुविधा व अनिश्चय चिन्ता रोग का मूल है।
- वर्तमान क्षण का आनंद लें। ऐसा करने से भविष्य भी सुखमय बनेगा।
- जल्दबाज़ी न करें। हड़बड़ाहट में किए गए काम में कुछ न कुछ गलतियां रह जाती हैं।

❑❑❑

20

पारिवारिक तनाव और अशांति

प्रसन्न जीवन के लिए पारिवारिक शांति अत्यंत आवश्यक है। यदि घरेलू परिस्थितियां तनावपूर्ण हैं तो मनुष्य का जीवन सुखद नहीं हो सकता। परिवार में तनाव पैदा करने वाले वातावरण अथवा परिस्थितियां निम्नलिखित प्रकार की हो सकती हैं:

निराशाजनक माहौल

घर में हर समय निराशा एवं हताशा से परिपूर्ण बातें करते रहना चिन्ता रोग को उत्पन्न करने का एक प्रमुख कारण है। ऐसे परिवार के सदस्य अवनति की ओर ही बढ़ते हैं। जीवन के हर पक्ष के लिए उनका नजरिया निराशावादी हो जाता है। कहीं भी सफलता दृष्टि गोचर नहीं होती। जब भी वे सब मिल कर बैठते हैं तो भय व चिन्ता की ही बातें करते हैं। यदि वे कहीं बाहर घूमने की बात भी करते है तो उन्हें मौसम पसंद नहीं आता। अतः यह अत्यावश्यक है कि माता-पिता अपने बच्चों व घर के अन्य सदस्यों से सदा आशावादी व प्रेरणापूर्ण बातें करने की चेष्टा करें। ताकि यदि परिवार के किसी भी सदस्य को संकट का सामना करना भी पड़े तो वह साहस व दृढ़ विचारों से करे।

अनेक लोगों की यह बुरी आदत होती है कि घर आते ही आस-पड़ोस के दुखों की रामकहानी लेकर बैठ जाते हैं। कभी किसी की मृत्यु, कभी कोई दुर्घटना आदि जैसी नकारात्मक बातें ही करते रहते हैं। परिणामस्वरूप घर में शोक का माहौल बन जाता है जो परिवार के हरेक सदस्य पर बुरा असर डालता है। हमें अपने परिवार में सद्विचारों का संचार करने के लिए अधिक से अधिक आशा व उत्साह पूर्ण बातें करनी चाहिए।

रोग का वातावरण

बहुत से माता-पिता की आदत होती है कि जब भी वे बच्चों के साथ बैठते हैं, तो अपनी या दूसरे लोगों की बीमारी की ही चर्चा करते रहते हैं। वे कोई ऐसी बात नहीं करते, जिनसे उनके बच्चे खिलखिला कर हंसें और प्रसन्न हों। उनके चेहरे पर सदा परेशानी रहती है।

उदाहरण के लिए यदि एक पिता घर आकर इस प्रकार की बातचीत करता है कि आज सारा दिन सिर दर्द होता रहा। दवाई भी खाई मगर कोई फायदा नहीं हुआ। लगता है कुछ गड़बड़ खा लिया। इस वार्तालाप से परिवार का हर सदस्य फिक्रमंद हो जाएगा। अतः हमेशा शारीरिक कष्टों की बातें कर परिवार के माहौल को रूखा न बनाएं।

कुछ लोग सुबह उठते ही अपना कोई न कोई कष्ट बताना शुरू कर देते हैं। दरअसल प्रत्येक व्यक्ति यदि चाहे तो, प्रातः उठते ही अपने शरीर में कोई न कोई कष्ट ढूंढ सकता है। लेकिन प्रायः जो लोग अपने इन कष्टों का ही दुखड़ा रोते रहते हैं, वहम के अतिरिक्त कुछ नहीं होता। परिवार को दुखी करने के अतिरिक्त ऐसे लोग दवाइयों पर हज़ारों रुपये खर्च कर डालते हैं। श्रीमती 'ब' एक ऐसी ही स्त्री है। उसने हज़ारों रुपये दवाई में खर्च कर डाले हैं लेकिन वर्षों इलाज करवाने के बावजूद वह अभी तक बीमार है। इस समय उसकी आयु पचास वर्ष है लेकिन उसे पूर्णतः स्वस्थ कभी नहीं देखा गया। जब भी कोई उसके घर जाता है तो वह उसे अपने कष्टों के बारे में बताने में इतनी मशगूल हो जाती है कि मेहमान से चाय-पानी पूछने तक का ख्याल उसे नहीं रहता।

जब उसका पति घर आता है तो वह कोई न कोई दर्द लेकर बिस्तर पर पड़ी होती है। हालांकि उसके सारे टेस्ट हो चुके हैं और उसके शरीर को कोई भी रोग नहीं निकला है, फिर भी वह अपने शारीरिक कष्टों से परेशान है। उसके बच्चे उसकी बीमारी से तंग आ चुके हैं। उनसे मिलना तक पसंद नहीं करते। जब बच्चे नहीं मिलते तो वह शिकायत करती है कि परिवार में उसे कोई भी प्यार नहीं करता। इस प्रकार उसकी बीमारी ने घर में एक बीमार व तनावपूर्ण माहौल बना दिया है।

रोक-टोक की आदत

परिवार में आवश्यकता से अधिक रोक-टोक की आदत भी तनाव उत्पन्न करती है। ऐसे परिवार में हर कोई परस्पर नुक्ताचीनी करता रहता है, एक-

दूसरे के दोष निकालता रहता है, जिससे कलह होती है। जब हम किसी मनुष्य पर व्यर्थ रोक-टोक करते हैं तो उसके आत्म सम्मान को चोट पहुंचती है और वह क्रोधित हो जाता है।

परिवार में नुक्ताचीनी की आदत का परिवार के सदस्य बाहर भी पालन करते हैं। नतीजतन उन्हें बाहरी लोग पसंद नहीं करते। उनके मित्र भी नहीं बन पाते और वे अकेलेपन का शिकार हो जाते हैं।

अनेक पुरुष अपनी पत्नी के रिश्तेदारों में नुक्स ढूंढते रहते हैं जिसे पत्नी सहन नहीं कर पाती और फलस्वरूप तनाव व लड़ाई-झगड़े बढ़ते हैं।

कई लोगों को व्यंग्य व तानों में बात करने की आदत होती है। यह आदत उनके मित्रों को भी उनका दुश्मन बना देती है। व्यर्थ में ही किसी व्यक्ति पर व्यंग्य करना या उसका मजाक उड़ाना, उसके स्वाभिमान को आहत करना है। इससे तनाव व चिन्ता उत्पन्न होती है। परिवार में विशेषकर यह ख्याल रखना चाहिए कि आप अपने पति-पत्नी, माता-पिता अथवा बच्चे की भावनाओं का तो आनादर नहीं कर रहे। यदि रोक-टोक करनी ही पड़ जाए या आवश्यक हो जाए तो इस प्रकार करना चाहिए कि संबंधित व्यक्ति अपमानित अनुभव न करे। दोष निकालने से पूर्व उस व्यक्ति की प्रशंसा करें और फिर मधुर शब्दों में उसकी कमज़ोरी को इंगित करें। इस तरीके से वह व्यक्ति अपनी गलती समझ जाएगा और आपके प्रति उसका सौहार्द भी कम नहीं होगा।

उदाहरण के लिए आपका लड़का स्कूल से वापिस आता है उसकी सुलेख की नोटबुक गंदी है और कुछ अक्षर भी ठीक से नहीं बनाए गए हैं। यह देख कर तुरंत उसे झिड़कना और डांटना अनुचित है। तत्काल डांट देने से बच्चे के आत्म-सम्मान को चोट पहुंचती है। इसकी प्रतिक्रिया में या तो वह उदास हो जाता है या फिर रोष प्रकट करता है और यह दोनों ही उसके व्यक्तित्व के विकास के लिए हानिकारक हैं। इस डांट से बच्चे के अंदर पढ़ाई के प्रति रुचि भी कम हो जाती है।

अतः बच्चे को प्यार से समझाना बेहतर होगा। उसके सुलेख की प्रशंसा करते हुए आप उसकी गलतियां बताएंगे तो वह भीतर से उत्साहित होगा कि उसके काम की बड़ाई की गई और अपनी गलतियां सुधारने के लिए भी उसे प्रेरणा मिलेगी। परिणाम स्वरूप वह पढ़ाई में अधिक रुचि लेने लगेगा।

स्वार्थ पूर्ण वातावरण

एक प्रसिद्ध दार्शनिक ने कहा है कि "जो व्यक्ति केवल अपने लाभ के लिए जीता है, वह मर कर विश्व का भला ही करता है।" जिस परिवार में स्वार्थ पूर्ण वातावरण हो, स्वाभाविक है कि उस परिवार में शांति व खुशी नहीं रह सकती।

स्वार्थ का अर्थ है आत्म-प्रेम। इस भावना के तहत मनुष्य अपने व्यक्तिगत लाभ के लिए दूसरे के हित व लाभ का ध्यान नहीं रखता। मानवीय स्वभाव के अनुसार प्रत्येक व्यक्ति अपना लाभ चाहता हैं। अपने लाभ के लिए प्रयत्न करना स्वार्थ नहीं है। व्यक्ति स्वार्थी तभी होता है जब वह दूसरे लोगों के हित का बिल्कुल ध्यान नहीं रखता और अवसर आने पर अपने लाभ के लिए दूसरों के हित को भी दांव पर लगा देता है। स्वार्थ इच्छा की अति है और अति किसी भी चीज़ की अच्छी नहीं होती। स्वार्थी व्यक्ति में निम्न अवगुण अवश्य होते हैं। हठधर्मिता, धोखा-धड़ी व घमण्ड।

अनेक लोगों का विचार है कि जीवन में सफल होने के लिए स्वार्थी होना आवश्यक है। यह धारणा सर्वथा गलत और भ्रमित करने वाली है। सभी लोग अपना फायदा चाहते हैं किंतु स्वार्थी बनने का यह कोई उचित कारण नहीं। व्यक्ति स्वार्थी हुए बिना भी सफल हो सकता है। मनुष्य की निजी प्रसन्नता दूसरों की प्रसन्नता से घनिष्ठ संबंध रखती है। कई बार आत्म-सुरक्षा की ओट लेकर लोग दूसरों को कुचलते हैं जो उचित नहीं है। एमरसन का कहना है, "विश्व को सबसे अधिक हानि पहुंचाने वाले स्वार्थी लोग हैं परन्तु यह बात भी याद रखने योग्य है कि उनका स्वार्थ उन्हें भी हानि पहुंचाता है।"

स्वार्थ अपने ही घरों में पति-पत्नी के झगड़े व संबंध विच्छेद का कारण भी बन जाता है। यह व्यापार में भी लाभप्रद नहीं होता। एक बार मैंने एक बहुत बड़े व्यापारी से उसकी सफलता का रहस्य पूछा तो उसका उत्तर था, "मेरी सफलता का राज़ यह है कि मैं व्यापार करते वक्त अपने लाभ के साथ-साथ ग्राहक के हितों को भी ध्यान में रखता हूं।" निःस्वार्थ होने से संभव है कि कुछ समय के लिए नुकसान हो किन्तु उसका परिणाम सदैव अच्छा होता है।

विश्व के प्रसिद्ध दार्शनिक अरस्तू का कथन है, "एक आदर्श मनुष्य दूसरों को सहायता 'देने' में गर्व व सहायता 'लेने' में लज्जा अनुभव करता है। किसी पर दया करना श्रेष्ठता का व किसी से दया की मिन्नतें करना हीनता का चिह्न है।"

स्वार्थी व्यक्ति अप्रिय तो होता हो है, उसके स्वास्थ्य पर भी बुरा प्रभाव पड़ता है। वह एक अपराध बोध से पीड़ित रहता है। इसलिए उसके भीतर सदा बुरे विचार ही आते रहते हैं। स्वार्थी लोगों की संतान भी स्वार्थी हो जाती है। बच्चों को आरम्भ से ही ऐसी शिक्षा देनी चाहिए जिससे कि वे बड़े होकर निःस्वार्थ बनें। अतः उनके लालन-पालन में हमें निम्नलिखित बातों का ध्यान रखना चाहिए।

1) परिवार के बड़े सदस्य निःस्वार्थ होकर बच्चों के सामने एक अच्छा उदाहरण प्रस्तुत करें।

2) बच्चों को ऐसे हर कार्य व बात से रोकें जिससे उन्हें स्वार्थी बनने का अभ्यास व प्रोत्साहन मिलता हो।

घृणा का वातावरण

घृणा का वातावरण भी परिवार में चिन्ता व तनाव का कारण बन जाता है क्योंकि इस माहौल में प्यार एवं सहानुभूति का कोई स्थान नहीं होता। किसी को कोई प्यार नहीं करता। विचार का प्रबल होना पारिवारिक वातावरण के लिए घातक सिद्ध होता है।

ऐसी अवस्था उस परिस्थिति में उत्पन्न होती है जब पति-पत्नी परस्पर प्रेम नहीं करते व बच्चों एवं समाज की खातिर गले पड़ा ढोल बजाते रहते हैं। नतीजतन बच्चे भी एक दूसरे से नफरत करना सीख जाते हैं और वे घर से बाहर भी ऐसा ही व्यवहार करते हैं जिससे उनका कोई मित्र नहीं बन पाता। जब किसी व्यक्ति को यह अनुभव हो कि उससे परिवार में कोई प्रेम नहीं करता, तो वह चाहे बच्चा हो या वयस्क, एक हीन भावना से ग्रसित हो जाता है।

कई बार ऐसा होता है कि परिवार का एक सदस्य सभी की नुक्ताचीनी का निशाना बन जाता है। उनको परिवार के अन्य सदस्य बुद्धू समझने लगते हैं। घर में कोई बात बिगड़ जाए तो सब उसे ही दोष देने लगते हैं। ऐसे व्यक्ति में हीन भाव आ जाता है तथा आत्म-विश्वास समाप्त हो जाता है और जीवन की दौड़ में वह पिछड़ जाता है।

अतः परिवार के किसी भी सदस्य के साथ ऐसा न होने दें। सभी के साथ प्यार व आदर का बर्ताव करें। विशेषकर बच्चों के बीच कोई भेद-भाव न रखें। जिस बच्चे से भेद-भाव रखा जाता है, वह अन्य बच्चों के प्रति ईर्ष्यालु व झगड़ालू हो जाता है, जो सभी बच्चों के विकास के लिए हानिकारक है।

ससुराल का परिवार

हमारे देश में हालांकि परिवार तेज़ी से टूट रहे हैं फिर भी प्रायः संयुक्त परिवार ही है। यही संयुक्त परिवार काफ़ी हद तक हमारे समाज को टूटने से बचाए हुए है। प्रायः माता-पिता की इच्छा होती है कि लड़का व बहू उनकी इच्छानुसार चलें। अपनी बहू पर वे उचित-अनुचित दबदबा भी रखना चाहते हैं। कुछ रिश्तेदार भी पारिवारिक मामलों में बार-बार दखलंदाज़ी करते रहते हैं। ऐसे वातावरण में बहू का विचलित हो जाना स्वाभाविक होता है क्योंकि वह अनेक प्रकार के दबावों में रहती है।

दूसरी ओर यदि उग्र बहू घर में आती है तो चाहती है कि परिवार उसकी इच्छा से चले। वह सास-ससुर के वर्षों पुराने स्वभाव व जीवनशैली को बदल देना चाहती है, जो संभव नहीं होता। अतः घर में कलह व तनाव पैदा होता है। ये दोनों परिस्थितियां आजकल घरों के टूटने व लोगों में चिन्ता रोग होने का प्रमुख कारण होती हैं। जबकि दोनों ही परिस्थितियों को सरलतापूर्वक टाला जा सकता है।

जब कोई लड़की ससुराल में आती है तो वह मन में कई प्रकार के सपने व उमंग लेकर आती है। नवविवाहिता को अपनी इच्छानुसार घर सजाने, बनाने का चाव होता है। वह अपने बच्चों का पालन-पोषण भी अपनी इच्छानुसार ही करना चाहती है।

दूसरी ओर नवविवाहिता बहू से सास-ससुर की भी अनेक उम्मीदें होती हैं। भावी गृहस्थी के प्रति उनके हृदय में भी अनेक सपने होते हैं लेकिन महत्वपूर्ण यह है कि दोनों पक्ष एक-दूसरे पर अपने विचारों, उम्मीदों व सपनों को जबरदस्ती न थोपें। कुछ बातें बहू अपने सास-ससुर की मान ले और कुछ सास-ससुर मान लें। समाज के सभी संबंध मिल बैठ कर समझौता करने, प्यार व सहानुभूति से एक-दूसरे को समझने से ही बनते हैं। परिवार के प्रत्येक सदस्य को एक-दूसरे की इच्छाओं का आदर करना चाहिए। जीवन इस प्रकार सरल व सरस हो जाता है।

परिवार का जीवन निम्नलिखित तीन बातों पर निर्भर करता है-

1. पति-पत्नी के पारस्परिक संबंध, 2. माता-पिता व बच्चों के बीच संबंध, 3. बच्चों के आपसी संबंध। यदि ये तीनों संबंध अच्छे व प्रेमपूर्ण हों तो पारिवारिक माहौल प्रसन्न व शांत रहता है।

अपराध बोध

अपराध बोध दुखों का मूल कारण है। यह एक भूत है जो हाथ में चाबुक लिए बदला लेने के लिए हमारे पीछे-पीछे चला आता है। अपराध बोध व बैर भाव पारिवारिक तनाव के सामान्य कारण हैं। ये मनुष्य में भय व फिक्र उत्पन्न करते हैं। अपराध बोध अपने परिवार के सदस्यों, संबंधियों, मित्रों व उन लोगों के प्रति होता है, जिनके बीच हम काम करते हैं। यह हमारे पारिवारिक व सामाजिक संबंधों को बिगाड़ देता है। भाई बहनों के बीच आर्थिक, रहन-सहन, खान-पान के स्तर को लेकर स्पर्धा, बैर विरोध व अपराध बोध के सामान्य कारण हैं।

उदाहरण के लिए मान लें कि दो भाई इकट्ठे रहते हैं। एक उन्नति करके धनाढ्य बन जाता है, दूसरा निर्धन ही रहता है। निर्धन भाई अपने धनी भाई से ईर्ष्या करता है और दिल से चाहता है कि उसके भाई को व्यापार में हानि हो जाए या उसका कोई और नुकसान हो जाए और वह भी उसकी तरह ही निर्धन हो जाए। इसी मंशा से वह छिप कर कुछ ऐसे काम करता है जिससे उसके भाई को नुकसान हो।

मन ही मन वह यह जानता है कि जो वह अपने भाई के विषय में सोचता है, वह गलत है। परन्तु वह ईर्ष्या से प्रेरित हो भाई को नुकसान पहुंचाने की कोशिश करता रहता है। जब उसे अपने इस अपराध का अनुभव होता है तो उसे चिन्ता होने लगती है।

अपराध बोध इस प्रकार हानि पहुंचाता है-

1) उसे हर समय यह फिक्र रहती है कि कहीं उसके विचारों व करनी का उसके भाई को पता न चल जाए।

2) उसे यह भी चिन्ता रहती है कि अगर उसके भाई को उसके विचारों के बारे में पता चल गया तो वह नाराज़ हो जाएगा और उसे भी नुकसान पहुंचाएगा।

3) उसे परिवार में अपनी बदनामी का भी भय रहता है।

4) उस डर से वह हरेक को शंका की दृष्टि से देखेगा कि कहीं किसी को उसकी असलियत का पता तो नहीं चल गया।

5) उसकी आत्मा भी उसे फटकारती रहेगी और कचोटती रहेगी।

इन सब बातों के चलते वह व्यक्ति सदा मानसिक तनाव व चिन्ता में रहेगा।

इस व्यक्ति के लिए उचित मार्ग यह था कि वह अपने सफल भाई से प्रेरणा लेता और अपने सारे मनोबल व हिम्मत, परिश्रम, सच्चाई के बूते पर अपने भाई जितना धनी व सफल होने का प्रयत्न करता।

कोई भी काम यदि अंतरात्मा के विरुद्ध या समाज के नियमों के विरुद्ध किया जाए तो वह मन में बुरे आवेग उत्पन्न करके बीमारियों का कारण बन जाता है। इस बात को स्पष्ट करने के लिए मैं एक मरीज़ का केस बताता हूं।

श्री 'ए' मुझसे परामर्श के लिए आए। उन्हें भी दिल का तेज़ धड़कना, थकावट, काम में रुचि न होना व बस में यात्रा करने का भय जैसे कष्ट थे। श्री 'ए' की आयु लगभग 26-27 वर्ष थी। बाल्यावस्था में ही पिता की मृत्यु हो गई थी। अतः मां ने बहुत संघर्ष करके उन्हें पढ़ाया लिखाया था। बी. ए. करने के बाद उन्हें अच्छी नौकरी मिल गई थी।

उसके विवाह के एक वर्ष बाद ही घर का माहौल बदलने लगा। दुर्भाग्यवश उसकी पत्नी बहुत तेज-तर्रार और अहंकारी स्वभाव की थी। उसने आते ही मां से अलग घर बसाने की इच्छा प्रकट की। किन्तु वह ऐसा कैसे कर सकता था। मां के बुढ़ापे का वह एकमात्र सहारा था। जब बात बहुत अधिक बढ़ गई तो मां ने ही उसे सुझाव दिया कि वह अलग घर बसा ले।

मां से उसे बहुत लगाव था लेकिन वह विवश था। एक दिन वह ट्रक लेकर आया और अपना सामान लेकर दूसरे मकान में चला गया। ट्रक में ही उसे घबराहट का दौरा पड़ा और उसके बाद उसके सारे कष्ट शुरू हो गए। ये सारे कष्ट दरअसल अपनी मां को बेसहारा छोड़ देने के अपराध बोध से जनित थे। वर्ड्सवर्थ ने ठीक ही कहा है, "अपराध की भावना से किए गए कार्य से हजारों प्रकार के भय व भयानक विचार उत्पन्न होते हैं।"

सन् 1947 में भारत के विभाजन के दौरान बहुत लड़ाई-झगड़े व हत्याएं हुई थीं। इसके कुछ समय बाद जिन लोगों ने कत्ल किए थे, उनमें से कुछ लोग डाक्टरों के लिए सिर दर्द बन गए। निर्दोषों की हत्या करने और उस पर खुशी जताने के अपराध बोध ने उनके भीतर भयानक बेचैनी पैदा कर दी थी। उनकी नींद व भूख मर गई थी और अगर नींद आती भी तो भयानक दुःस्वप्न आते थे। अतः ऐसा कार्य करने से हमेशा बचना चाहिए जो हमारे भीतर अपराध बोध को जन्म दे।

अध्याय बीस की स्मरण रखने योग्य बातें

परिवार में तनाव और अशांति निम्नलिखित प्रकार के माहौल से उत्पन्न होती है:

- प्रसन्नता नाशक वातावरण। सदा भय, फिक्र व दुख की बातें करना।
- परिवार में हमेशा बीमारी की बातें करके रोग का वातावरण बनाना।
- व्यर्थ व अत्यधिक रोक-टोक एवं नुक्ताचीनी की आदत।
- स्वार्थपूर्ण वातावरण। स्वार्थी व्यवहार सामाजिक व पारिवारिक संबंधों को बिगाड़ देता है।
- घृणा का माहौल। परिवार के किसी भी सदस्य से घृणा न करें।
- संयुक्त परिवार में एक-दूसरे की इच्छाओं का ख्याल न रखने से तनावपूर्ण माहौल बनता है।
- अपराध बोध चिन्ता रोग का प्रमुख कारण है। इससे सदैव मानसिक व शारीरिक तनाव रहता है।

❑❑❑

21

परिवार में भावनात्मक स्थिरता

पारिवारिक जीवन में शांति, व सुखद जीवन के लिए आवश्यक है। इस अध्याय में कुछ उन साधनों की चर्चा करेंगे जिनसे परिवार में मानसिक शांति व भावनात्मक स्थिरता उत्पन्न कर सकते हैं।

रहन-सहन की सादगी

आधुनिक समय में सुख के साधन भौतिक समझे जाते हैं। प्रायः माना जाता है कि जिसके पास कार, कूलर, टी.वी. आदि भौतिक सुविधाएं हों, वही सुखी है। लेकिन यह ग़लत है। सुख व खुशी की अनुभूति दरअसल हमारे भीतर होती है। बाहरी सुविधाओं से उसका संबंध तो है किन्तु इतना घनिष्ठ नहीं। भौतिक सुविधा के साधन इतने महंगे होते हैं कि उनको जुटाने की धुन में हम चिन्ता व तनाव के अनेक रोग पाल लेते हैं। यदि इन वस्तुओं को प्राप्त करके बीमार ही होना है तो इनका क्या लाभ ? इससे यह आशय नहीं कि आप सुविधाएं जुटाने का प्रयत्न ही न करें, बल्कि हमारा अभिप्राय यह है कि केवल उन्हीं सुविधाओं को सुख व खुशी का साधन मान कर उन्हें जिस किसी प्रकार भी पाने का प्रयास न करें। उससे मन दुखी होता है। घर में सादगी का वातावरण बनाएं ताकि बच्चे जीवन में अपने भीतर की खुशी को अनुभव करें न कि बाहरी भाग दौड़ में ढूंढें।

नेपोलियन हिल ने अपनी एक पुस्तक में मज़ाक के तौर पर लिखा है, "अमेरिका के लोग कार खरीदने के लिए इतने उतावले और पागल हो रहे हैं कि यदि यह सिलसिला इसी तरह चलता रहा तो वह दिन दूर नहीं जब अमेरिका में ऐसे बच्चे पैदा होने लगेंगे जिनके पैरों में पहिए लगे हों।"

प्रसन्नता कैसे प्राप्त होती है: खुश रहने के उचित तरीके निम्नलिखित हैं:

1) अपनी जरूरतों व इच्छाओं को कम से कम रखें ताकि उन्हें पूरा करने की उधेड़बुन आपको दुखी व चिंतित न करे।

2) जो कुछ इस समय आपके पास है उसका आनंद लें और जो चीज़ अपने पास नहीं है उसका विचार न करें। प्राय: हम उस चीज़ के ख्याल में अपना समय गंवा देते हैं, जो हमारे पास है ही नहीं।

3) घर का खर्च अपनी आय के अनुसार करें। इस प्रकार आपके मन में आर्थिक सुरक्षा रहेगी और पैसे की चिन्ता नहीं रहेगी। अपनी आय से अधिक व्यय करने वाला व्यक्ति चिन्ता का शिकार हो जाता है।

सेनेका के अनुसार, "इस समय जो कुछ आपके पास है, यदि आप उसे कम समझते हैं तो फिर यदि आपको सारी दुनिया की दौलत भी मिल जाए तो भी आप दुखी ही रहेंगे।" अत: वर्तमान में जितना कुछ है उसमें संतोष कर परिवार के सभी सदस्यों को मिलजुल कर रहना चाहिए और बेहतरी के लिए प्रयत्न करते रहना चाहिए।

एक-दूसरे की सहायता करें

जब बच्चे कुछ समझदार हो जाएं तो उनमें ये विचार उत्पन्न करने का प्रयत्न करे कि परिवार के प्रत्येक सदस्य का यह कर्तव्य है कि वह परिवार को सुखमय बनाने की कोशिश करे और केवल अपनी खुशी के बारे में ही न सोचे।

परिवार के सभी सदस्यों पर परिवार के सुखद जीवन की ज़िम्मेदारी होती है। यदि माता-पिता एक-दूसरे की मदद कर जीवन को सुखद बनाने का प्रयास करें तो बच्चे भी उनकी देखा-देखी यह आदत सीख लेते हैं।

परिवार में संयुक्त खुशी इस प्रकार प्राप्त हो सकती है- सभी सदस्यों का एक दूसरे के प्रति सौहार्द व्यवहार करना, बातचीत करना, खेलना, सैर पर जाना और इस प्रकार प्रत्येक सदस्य को खुश करने का प्रयत्न करना।

अपने परिवार के अतिरिक्त पड़ोसियों व मित्रों आदि की सहायता करना भी आवश्यक है। इससे समाज में आप लोकप्रिय होते हैं और अधिक मित्र बनते हैं तो अधिक खुशी भी हासिल होती है।

सामूहिक भावना: परिवार में एक समूह की भावना होना अत्यंत आवश्यक है। जिस प्रकार एक खेल को एक टीम अपने संगठन, अपनी एकता के बल पर जीत लेती है उसी प्रकार एक परिवार जीवन के उतार-

चढ़ावों को संगठन के बल पर न सिर्फ सफलतापूर्वक पार करता है बल्कि कठिनाइयों में भी खुश रहता है। स्वार्थ इस भावना को कमज़ोर करता है। परिवार में एकता का भाव तभी हो सकता है जब परिवार का हरेक सदस्य एक-दूसरे की सहायता करे। संगठन का भाव परिवार से ही समाज में फैलता है। इससे मनुष्य को भावनात्मक सुरक्षा भी मिलती है।

पराजय को विजय में बदलें

हमारे रोज़मर्रा के जीवन में कई ऐसे छोटे-मोटे संकट आते हैं जिन्हें हम अपने विवेक से सुलझा लेते हैं। लेकिन कुछ ऐसे संकट भी होते हैं, जिनको सुलझाना हमारी सामर्थ्य से बाहर होता है। कई बार ऐसे हालात भी बन जाते हैं जो हमारी इच्छाओं के विपरीत होते हैं। ऐसी स्थिति में मानसिक शांति गंवाना बुद्धिमानी की बात नहीं है। समझदारी इसमें है कि आप अपनी असफलता से भी सीख लें और जो परिस्थितियां उत्पन्न हों उनका अधिकतम लाभ उठाएं।

चेस्टरफील्ड के अनुसार विश्व में तीन प्रकार के व्यक्ति होते हैं;

प्रथम वे हैं जो अपने निजी प्रयोगों से शिक्षा प्राप्त करते हैं। वे समझदार मनुष्य हैं। दूसरे वे, जो दूसरों के प्रयोगों से शिक्षा प्राप्त करते हैं। वे प्रसन्न मनुष्य हैं। और तीसरे वे, जो न अपने और न ही दूसरों के अनुभव से सीख लेते हैं। वे मूर्ख लोग होते हैं।

विश्व में ऐसा कोई व्यक्ति नहीं जो सफलता पाने से पूर्व असफल न हुआ हो। एडिसन बिजली का बल्ब बनाने में सैकड़ों बार असफल हुआ था। परन्तु अपनी असफलताओं से सीख लेते हुए आखिरकार उसने सफलता हासिल की।

पराजय को विजय में बदलने के लिए एक बात और अत्यंत आवश्यक हैं; समयानुसार स्वयं को बदल लेना और वातावरण के अनुसार स्वयं को ढाल लेना। नेपोलियन हिल के अनुसार , ''अपनी भूलों व हारों को दौलत में बदलो। मैं उन कठिनाइयों का धन्यवादी हूं जो मेरे जीवन में आईं क्योंकि उन्होंने मुझे सहानुभूति, आत्म संयम, संतोष व अन्य अनेक गुण सिखाए हैं जो इनके बिना कभी नहीं मिलते।''

परिवार में प्यार होना आवश्यक है

आनंदमय जीवन के लिए परिवार में प्यार व सहानुभूति का होना ज़रूरी है। यदि परिवार के वयस्क सदस्यों में तनाव, लड़ाई-झगड़ा और खींचातानी रहे

तो बच्चों का स्वभाव भी वैसा ही हो जाता है। परिवार के सभी सदस्यों में एक-दूसरे के लिए शुभकामनाएं, सहानुभूति और दूसरे के नजरिए को समझने की भावना हो तो बच्चों में स्वयं ही सद्भाव का गुण उत्पन्न हो जाता है।

आपका परिवार: अपने हृदय में सदा यह विचार करें कि आपका परिवार कैसा है। क्या परिवार में सौहार्द है? क्या हम मिलजुल कर रहते हैं, एक दूसरे की सहायता करते हैं? आप स्वयं अपने परिवार की कमजोरियां व अच्छाई इन प्रश्नों के उत्तर के रूप में जान सकेंगे। जो कमियां हैं उन्हें दूर करने का निरंतर प्रयास करते रहें। क्योंकि परिवार में संतोष, शांति व सुख का होना एक व्यक्तिगत जीवन के लिए ही आवश्यक नहीं वरन् पूरे समाज के सुखकर जीवन के लिए जरूरी है।

आपका घर: राबर्ट फ्रॉस्ट ने लिखा है, ''घर एक ऐसा स्थान है, जहां जिस समय भी आप जाना चाहें, आपके लिए दरवाज़ा खुला होता है।''

किसी इमारत की सुंदर छतें, सुंदर मूल्यवान् बर्तन, पंखे, फर्नीचर आदि एक अच्छा घर नहीं बनाते। एक खुशनुमा घर उसमें प्यार से रहने वाले परिवार से बनता है। अतः अपना घर ऐसा बनाएं जिसमें प्रत्येक सदस्य यह महसूस करे कि यह विश्व का सबसे प्यारा व खुशनुमा स्थान है।

अध्याय इक्कीस की स्मरण रखने योग्य बातें

खुशहाल परिवार के लिए निम्नलिखित बातें आवश्यक हैं:

- रहन-सहन सादा रखें। खुशी एक ऐसी भावना है जो मन के भीतर रहती है, उसे बाहरी सुख-सुविधाएं ज्यादा प्रभावित नहीं करतीं।
- एक-दूसरे की सहायता करें। प्रसन्न परिवार के लिए संगठन की भावना होना आवश्यक है।
- पराजय को विजय में बदलें। समयानुसार स्वयं को भी बदल लें। यही समझदारी है।
- प्यार के बिना परिवार व्यर्थ है। परिवार के सभी सदस्यों में समान प्यार व सौहार्द होना चाहिए।
- सुंदर इमारत व फर्नीचर एक अच्छा घर नहीं बनाते। एक अच्छा घर उसमें रहने वाले संतुष्ट व प्रेम-पूर्ण परिवार से बनता है।

❑❑❑

22

आपके प्यारे बच्चे

"अच्छा और स्वस्थ मार्गप्रदर्शन अनुशासन उत्पन्न करता है।"

–फ्रैंक गुड विलियम्स

अपने बच्चों के विकास व लालन-पालन पर निरंतर ध्यान देते रहें। ये प्रश्न स्वयं से पूछते रहें कि आपके बच्चे कैसे हैं? क्या वे घर के नियमों का उल्लंघन करते हैं? क्या वे असभ्य हैं? क्या वे आपका कहना नहीं मानते? क्या उनमें शिष्टाचार नहीं है?

बच्चों में दूसरों की नकल करने की प्रवृत्ति होती है। वह अपने माता-पिता, दोस्तों, पड़ोसियों अथवा रिश्तेदारों का आचार-व्यवहार सहज ही अपना लेता है।

बच्चा एक रबर की भांति लचीला होता है। उसको जिस तरह व जिस आकार में ढालना चाहें, हम सुगमता से ढाल सकते हैं। बच्चों के व्यक्तित्व की नींव छोटे से ही पड़ती है। अतः यदि हम सुखी परिवार बनाना चाहते हैं तो बच्चों के सामने सदैव स्वस्थ व प्रसन्न विचार प्रस्तुत करें।

अनुशासन

जिस परिवार में प्रेम व प्रसन्नता का माहौल है, वहां अनुशासन बरतने के लिए बच्चों पर सख्ती रखने की जरूरत नहीं पड़ती। प्रायः वे बच्चे घर के नियमों को तोड़ते हैं तथा उद्दण्ड होते हैं:

1) जिनके मां-बाप परस्पर झगड़ते रहते हैं।

2) जिनके माता-पिता स्वयं घर के अनुशासन को तोड़ते हैं।

3) जो परस्पर लड़ते-झगड़ते रहते हैं।

अतः अनुशासन को प्रेम-पूर्ण वातावरण में लागू करने की आवश्यकता होती है।

बच्चे व शिष्टाचार

बच्चों को जीवन के मूल नियम सिखाने आवश्यक हैं। उन्हे बड़ों का सम्मान करना, ईमानदारी व दूसरों के अधिकारों का ध्यान रखना चाहिए। जब बच्चा बाहर के लोगों का सम्मान नहीं करता तो कुछ समय बाद वह अपने परिवार के सदस्यों का सम्मान करना भी छोड़ देता है। इसे हम 'आदत के स्थानांतरण की प्रक्रिया' कहते हैं। अत: माता-पिता को इस बात का विशेष ध्यान रखना चाहिए कि बच्चे अपने परिवार के सदस्यों के अतिरिक्त आस-पड़ोस के लोगों का भी आदर करें।

बच्चों पर सख्ती

घर और समाज के नियनों का उल्लंघन करने वाले बच्चे सदा दुखी रहते हैं। कई बार ऐसे अवसर भी आते हैं जब बच्चों पर सख्ती करना आवश्यक हो जाता है। किन्तु इस सख्ती के पीछे कोई पुख्ता कारण होना चाहिए। सख्ती बरतने से पहले यह भलो-भांति सोच लेना चाहिए कि जो कुछ भी आप कर रहे हैं वह बच्चे के हित में ही है। बच्चा यदि कोई भूल करता है तो पहले उसे प्यार से उचित मार्ग दिखलाना चाहिए।

किन्तु यदि वह बार-बार वही गलती करता है, तो माता-पिता द्वारा सख्ती बरतनी आवश्यक है ताकि वह दुबारा ऐसी गलती न करे। सख्ती करते समय निम्नलिखित बातों का ध्यान अवश्य रखें:

1) बच्चों से सख्ती उन्हें उचित मार्ग पर लाने की भावना से करनी चाहिए। वह दण्ड सर्वथा अनुचित व व्यर्थ होता है जो बच्चों के हित के लिए नहीं वरन् सिर्फ माता-पिता के क्रोध की अभिव्यक्ति के लिए होता है। इससे माता-पिता का दिल तो हल्का हो जाता है किन्तु बच्चे के अंदर रोष उत्पन्न होता है।

2) कठोरता पूर्ण रवैया बच्चे की गलती के अनुकूल होना चाहिए, उससे अधिक नहीं। बच्चे को यह अनुभव कराना भी आवश्यक है कि जो सख्ती उस पर की जा रही है, वह उसकी भलाई के लिए है। सख्ती के साथ-साथ प्यार की अभिव्यक्ति भी आवश्यक है।

3) बच्चे को मारने अथवा सजा देने से पूर्व इस बात की पूर्ण पुष्टि अवश्य कर लें कि जो भूल उसने की है, उसका कारण आप स्वयं नहीं हैं।

अशिष्ट बच्चे

हर समय बच्चों को डांटने-फटकारने व सख्ती बरतने का कोई अच्छा परिणाम नहीं होता। बल्कि बच्चा अशिष्ट हो जाता है। जब-तब डांट-फटकार बच्चों के भीतर रोष पैदा करता है और उनकी उद्दण्डता व अशिष्टता प्रायः इसी अनुचित व्यवहार की प्रतिक्रिया होती है। बच्चों के प्रति अनुचित व्यवहार निम्नलिखित है:

- आवश्यकता से अधिक रक्षा करना।
- आवश्यकता से अधिक चिन्ता करना।
- आवश्यकता से अधिक क्षमा, प्यार व सेवा करना।
- बच्चे से यह उम्मीद करना कि वह हर काम में दक्ष हो।
- बच्चे की हरेक मांग को अस्वीकार कर उसकी निंदा करना।
- ईर्ष्या।

विश्वविख्यात बालरोग विशेषज्ञ डाक्टर आर. एस. इलिंगवर्थ लिखते हैं "वह आज्ञाकारिता जिसकी नींव सख्ती और मार-पिटाई पर होती है, कभी पक्की नहीं होती। दण्ड जितनी अधिक बार दिया जाए उतना ही कम प्रभावकारी होता है और जितनी कम बार दिया जाए उतना ही सफल।"

प्रसिद्ध मनोवैज्ञानिक डा. एच. एस. लिडल ने सिद्ध किया कि यदि किसी बकरी को बार-बार थोड़ा-सा तंग करने वाली तकलीफ़ दी जाए तो वह बीमार हो जाती है। बार-बार सजा देने का बच्चे पर भी ठीक यही प्रभाव होता है।

डा. लिडल ने बकरी की एक टांग में पतली तार बांध दी। बकरी तार के साथ घूमती रही, उसे कुछ न हुआ। फिर डाक्टर ने तार का दूसरा सिरा बैट्री से मिला दिया, जिससे बकरी को थोड़े-थोड़े अंतराल के बाद बिजली का झटका लगता। बिजली का झटका लगने से पहले एक घंटी बजाई जाती, फिर झटका लगता। कुछ समय तक ऐसा करने से बकरी घंटी बजते ही करंट के डर से भौंचक खड़ी हो जाती। उसने खाना-पीना और घूमना-फिरना भी छोड़ दिया। यहां तक कि वह अपनी टांगों पर खड़ी भी न हो पाती। जब यह सिलसिला बंद कर दिया गया तो वह फिर स्वस्थ हो गई।

इस प्रयोग से यह सिद्ध होता है कि किसी भी जीव को बार-बार, थोड़ा-थोड़ा तंग करना उसमें चिन्ता व भय उत्पन्न करता है जिससे वह बीमार हो

जाता है। इसी प्रकार बच्चे भी बार-बार दण्ड मिलने से भयग्रस्त हो जाते हैं और उनका विकास ठीक प्रकार नहीं हो पाता।

बच्चे व स्वच्छता

अनेक माता-पिता बच्चों की सफाई पर आवश्यकता से अधिक ध्यान देते हैं। यदि बच्चे कपड़ों को थोड़ा गंदा कर लें तो उनको डांटने-झिड़कने लगते हैं। आपको यह जान कर आश्चर्य होगा कि बच्चों के लिए अत्यधिक सफाई अच्छी नहीं होती। यह शारीरिक विकास व स्वतंत्रता में बाधा डालती है। इस संदर्भ में इंग्लैण्ड के प्रसिद्ध डॉक्टर डार्वे फ्लेक कहते हैं, ''बच्चों को अधिक साफ-सुथरा रखना ठीक नहीं। उनके शरीर पर जो मैल जम जाता है वह एक प्रकार से शरीर की रक्षा करता है। बच्चों का मिट्टी में खेलना और गंदा हो जाना उसके स्वस्थ होने का चिह्न है।

बच्चे के प्रति हिंसक न हों

बच्चों को अकारण ही मारने-पीटने से उनमें उद्दण्डता व उग्रता आ जाती है या फिर वे मार के भय से ग्रस्त हो जाते हैं। ऐसे अनेक बच्चे हैं जिन्होंने पिटाई के भय से पढ़ना-लिखना छोड़ दिया। पिटाई बच्चों के शारीरिक विकास में बाधा डालती है। अतः जहां तक संभव हो बच्चे को मारना नहीं चाहिए।

एक बालक सिर्फ प्यार ही नहीं चाहता, वह वयस्कों की भांति आदर भी चाहता है। जब हम किसी बच्चे को मारते हैं तो उसके शरीर को ही नहीं बल्कि मन को भी चोट पहुंचती है। उसके आत्म-सम्मान को भी धक्का लगता है। वह अपना क्रोध मां-बाप पर नहीं निकाल पाता, अतः क्षुब्ध हो जाता है।

यदि दण्ड देना परिस्थिति के अनुकूल व आवश्यक हो जाए तो बच्चा जिस समय गलती करे, उसी समय उसे दण्ड मिलना चाहिए ताकि उसे यह एहसास हो कि उसे किस अपराध की सजा मिल रही है। बच्चे द्वारा की गई गलती व दी जाने वाली सजा के बीच पर्याप्त अंतराल हो जाए तो बच्चे के मन में गलती व सजा का परस्पर संबंध व प्रभाव कम हो जाता है।

क्या आपका बच्चा चोरी करता है

चोरी का अर्थ है किसी चीज़ को प्राप्त करने की इच्छा। इसका कारण प्रायः अभाव अथवा निर्धनता को समझा जाता है। लेकिन कई धनाढ्य परिवारों के

बच्चे भी चोरी करते हैं। ऐसे घरों में बच्चों द्वारा चोरी करने के निम्नलिखित कारण होते हैं:

1) बच्चे के माता-पिता की चोरी करने की आदत
2) अत्यधिक सुरक्षा
3) घर के अधिकतर वस्तुओं को हाथ लगाने की भी पाबंदी।

कई परिवारों में बच्चों को स्वयं खाने की चीज़ लेने की भी इजाज़त नहीं होती। ऐसे परिवार की स्त्रियों का प्राय: विचार होता है कि यदि सब चीजें बाहर खुली रख दी जाएं तो बच्चे चोरी करके ले जाते हैं। लेकिन यह बात ठीक नहीं। बच्चा चोरी तभी करता है जब चीजों को बंद रखा जाता है और वह अपनी इच्छा से उनको नहीं ले सकता।

बच्चों से पक्षपात न करें

बच्चों से व्यवहार में पक्षपात व भेदभाव रखना बहुत हानिकारक है। इस बात को निम्नलिखित केस द्वारा अच्छी तरह स्पष्ट किया जा सकता है:

श्री 'ए' और श्री 'एस' दोनों भाई हैं, अच्छी सरकारी नौकरी में हैं। किंतु दोनों में बातचीत नहीं है, दोनों एक-दूसरे से नफरत करते हैं। इनकी नफरत का कारण उनकी मां है। बचपन में वह छोटे भाई श्री 'एस' को अधिक प्यार करती थी। हर बात में उसका ही पक्ष लेती, उसे अपेक्षाकृत अधिक अच्छा खाने व पहनने को देती। मां के इस पक्षपात पूर्ण व्यवहार ने श्री 'ए' को बचपन से ही रोष से भर दिया और परिणाम यह हुआ कि अब न तो वह अपनी मां को पसंद करते हैं न ही भाई को। इस तरह एक परिवार में जीवन भर के लिए फूट के बीज बचपन से ही पड़ गए थे।

बच्चों पर दबाव

बच्चों पर किसी काम के लिए यदि दबाव डालना ही है, तो प्यार से डालना चाहिए। उस पर हुक्म नहीं चलाना चाहिए। जो काम बच्चे से करवाना हो, उसके लिए पहले उनके दिल में उत्साह पैदा करें। यदि उनसे ज़बरदस्ती काम करवाया जाए तो उसके प्रति उनके हृदय में अरुचि हो जाती है।

जो पाबंदी आप अपने बच्चे पर लगाना चाहते हैं, उससे पहले ये देख लें कि क्या आप उसके पाबंद हैं?

बच्चों की मनोवैज्ञानिक आवश्यकताएं

बच्चों की भी कुछ मौलिक मनोवैज्ञानिक ज़रूरतें होती हैं। बच्चे कुछ काम अपनी इच्छानुसार करना चाहते हैं। उनकी यह इच्छा एक प्राकृतिक बात है, उसमें रुकावट नहीं डालनी चाहिए। कई बार बच्चा किसी चीज के लिए हठ कर बैठता है। उसके इस हठ में अपने माता-पिता की आशा की अवहेलना या शिष्टाचार की भावना नहीं होती। उसके लिए यह केवल एक स्वाभाविक इच्छा होती है। उसकी हठ पर हिंसक या उग्र प्रतिक्रिया नहीं करनी चाहिए।

अति सुरक्षित बच्चे

हमें बच्चे की सहायता इस प्रकार करनी चाहिए जिससे कि वह आत्मनिर्भर होना सीखे। यदि उसे अति सुरक्षित माहौल में रखा जाए तो वह अपरिपक्व व दूसरों पर निर्भर हो जाता है।

एच. ब्ल्यू. बीचर ने इस संदर्भ में ठीक ही कहा है, "आप बच्चे को आत्मनिर्भर होना तब तक नहीं सिखा सकते जब तक कि आप उसको आत्मनिर्भर होने का अवसर न दें। ऐसा करने पर वह अनेक गलतियां करेगा लेकिन उन्हीं भूलों से वह परिपक्वता व सफलता प्राप्त करेगा।"

हैनरी, जिसकी आयु 19 वर्ष थी, अपने माता-पिता का बहुत लाड़ला पुत्र था। मां-बाप ने उसे बड़े लाड़-प्यार व अपनी पूरी देख-रेख में पाला था। जब वह कॉलेज जाने लगा तो एक दिन अचानक कुछ मित्रों ने किसी कारणवश उसे बहुत दुत्कारा। इससे उसके मन पर बहुत बुरा असर पड़ा। अब वह सारा दिन अपने कमरे में एक चरपाई पर पड़ा रहता, और किसी से बात चीत भी नहीं करता।

उसके इस तरह हताश होने का मूल कारण बचपन में दी गई अत्यधिक सुरक्षा थी। उसने बिना किसी की सहायता के स्वयं जीना सीखा ही नहीं था। इसलिए छोटी सी बात से घबरा कर वह निराश हो गया।

माता-पिता को बच्चों के भावनात्मक विकास तथा पालन संबंधी पूरा व उचित ज्ञान होना आवश्यक है। उन्हें चाहिए कि वे बच्चे को एक हद तक बाह्यमुखी बनाएं। अंतर्मुखी बच्चे अपनी भावनाएं अच्छी हो या बुरी, अपने भीतर ही रखते हैं जो उनके स्वास्थ्य के लिए हानिकारक होते हैं। बाह्यमुखी बच्चे जीवन में सफल व स्वस्थ रहते हैं।

अध्याय बाईस की स्मरण रखने योग्य बातें

- बच्चों को रोक-टोक की अपेक्षा बेहतर जीवन के आदर्श देने की आवश्यकता होती है।
- बच्चे बहुत कुछ अनुकरण करने वाले होते हैं। जिससे कि वे अपने माता-पिता के अनुसार ही अपना जीवन बना लेते हैं।
- बच्चों को घर व बाहर के लोगों का आदर करना सिखाएं।
- बच्चों पर कठोरता करने का उचित कारण होना चाहिए।
- बच्चों को मारना नहीं चाहिए। शारीरिक दण्ड बच्चों के लिए हानिकारक होता है।
- बच्चों की मौलिक मनोवैज्ञानिक ज़रूरतों को पूरा करना चाहिए।
- उन्हें अत्यधिक सुरक्षा के माहौल में नहीं रखना चाहिए।
- बच्चों पर दबाव पक्का व प्रेनपूर्ण होना चाहिए।
- बच्चों को बाह्यमुखी बनाएं। जीवन में ऐसे बच्चों के सफल होने की संभावनाएं अपेक्षाकृत अधिक होती हैं।

❑❑❑

23

औद्योगीकरण

आधुनिक औद्योगीकरण ने हमें वे सुख व सुविधाएं दी हैं जो पहले नहीं थीं। इससे हमें शारीरिक आराम तो बहुत मिला है लेकिन साथ-साथ मानसिक तनाव व रोग भी बहुत बढ़ गए हैं। औद्योगीकरण हमारे भीतर बुरे आवेगों को उत्पन्न करने का एक बड़ा कारण है।

बड़े उत्तरदायित्व तनाव उत्पन्न करते हैं

वर्तमान व्यापार में प्रतियोगिता अधिक होने के कारण बड़े-बड़े उत्तरदायित्व पदाधिकारियों व कर्मचारियों को तनावग्रस्त बनाए रखते हैं। इससे आर्थिक असुरक्षा के भाव का जन्म होता है।

जब औद्योगीकरण आरंभ हुआ था तो कारखाने में काम करने वाले मज़दूरों को अपनी नौकरी छूट जाने का भय रहता था। अतः वे चिन्ता रोग का शिकार हो जाते थे। परन्तु आजकल मज़दूर वर्ग अपेक्षाकृत इससे बचा हुआ है। अब औद्योगीकरण से उत्पन्न तनाव के मुख्य शिकार हो रहे हैं-मैनेजर, कम्पनी डायरेक्टर इत्यादि। कारखाने को चलाने व व्यापार को बढ़ाने का पूरा दारोमदार उन्हीं के कंधों पर होता है। प्रायः वे इस बड़े उत्तरदायित्व से उत्पन्न तनाव को न झेल सकने के कारण बीमार हो जाते हैं। इस संदर्भ में श्री सिंह का केस बात को और अधिक स्पष्ट करेगा:

श्री सिंह को उम्मीद थी कि वह एक नई दवा चला कर बहुत सम्मान व तरक्की पाएंगे। जब श्री सिंह एक मामूली एजेण्ट थे तब वे दुखी नहीं थे। आज वे मैनेजर के पद पर हैं लेकिन चिन्ता जनित रोगों से ग्रस्त हैं। उन्होंने मुझसे जब अपनी सारी व्यथा सुनाई तो मैं समझ गया कि दरअसल उनके रोगों का कारण चिन्ता व तनाव है।

प्राय: बड़े पदाधिकारियों के मानसिक रोगों के निम्नलिखित कारण होते हैं:

1) प्रतियोगिता होने के कारण पीछे रह जाने का भय।

2) व्यापारिक गतिविधियों के फैलाव के कारण अत्याधिक परिश्रम।

3) ऊंचे पदों से हटाए जाने का भय-जिससे उनकी आर्थिक स्थिति व जीवन स्तर को झटका लग सकता है।

ये चिन्ताएं उनमें तनाव उत्पन्न करती हैं और अंतत: वे रक्तचाप, हृदय रोग अथवा अल्सर के शिकार हो जाते हैं।

मजदूर तथा चिन्ता रोग

ऐसा नहीं है कि चिन्ता केवल बड़े पदाधिकारियों को ही अपना निशाना बनाती है, मज़दूर व अन्य कर्मचारी भी निम्न वजहों से तनावग्रस्त हो जाते हैं: 1. कम आय, 2. बेराज़गारी का भय।

रोज़ काम को एक ही ढंग से करने की वजह से मज़दूर काम से ऊब जाते हैं और यह उकताहट मानसिक व शारीरिक तनाव उत्पन्न करती है। उकताहट एक विशेष काम में दक्षता पा लेने का बुरा पहलू है।

प्रतियोगिता व तनाव का अटूट संबंध है। तनाव को प्रतियोगिता से बिल्कुल अलग या समाप्त तो नहीं कर सकते किन्तु सूझ-बूझ से कम अवश्य कर सकते हैं।

हमें अपने व्यापार व जीवन स्तर को बढ़ाने के लिए तन-मन से प्रयत्न तो अवश्य करना चाहिए। लेकिन यदि प्रयत्नों के बावजूद सफलता हासिल नहीं होती तो चिन्तित होकर अपने मन की शांति भंग नहीं करें। जो परिस्थितियां असफलता से मिली हैं, उन्हें दिल से स्वीकार करें तथा उसके अनुसार अपने उद्देश्य को पाने के लिए निरंतर प्रयास करते रहें। विश्व प्रसिद्ध मनोवैज्ञानिक विलियम जेम्स कहते हैं, ''जो कुछ हो गया है, उसको स्वीकार कर लेना आने वाली कठिनाइयों पर काबू पाने की ओर पहला कदम है।

कहने का आशय यह नहीं है कि आप संकट के सामने सिर झुका दें। हमारा अभिप्राय यह है कि जिन परिस्थितियों को बदलना हमारे हाथ में नहीं है उन्हें स्वीकार कर अपने उद्देश्य को पाने में डिगें नहीं। प्रतियोगिता का अर्थ है दूसरों को पछाड़ कर स्वयं आगे निकलने की तीव्र इच्छा। जिसे हर समय यही धुन लगी रहती है, उसे हार जाने का भय भी लगा रहता है, जिससे चिन्ता व तनाव पैदा होता है। अत: प्रतियोगिता की भावना बहुत अधिक नहीं होनी चाहिए। याद रखने वाली बात यह है कि प्रतियोगिता से प्राप्त सफलता, सुख

व सुविधाएं, प्रसन्न जीवन हासिल करने का महज एक साधन है, स्वयं में प्रसन्नता या जीवन का एकमात्र लक्ष्य नहीं।

व्यापारिक प्रतियोगिता के अतिरिक्त पड़ोसियों से भी प्रतिस्पर्धा की भावना तनाव उत्पन्न करती है। इस संदर्भ में टी.वी. स्मिथ ने अपनी पुस्तक 'लिव विदआउट फियर' में एक घटना का वर्णन किया है:

"जोन के पास एक कार थी। उसकी देखा-देखी स्मिथ ने भी एक कार खरीद ली। जोन ने एक साल बाद नए मॉडल की कार ली तो स्मिथ से भी न रहा गया, उसने भी नए मॉडल की कार खरीद ली।

मुकाबला कारों तक ही सीमित नहीं था। स्मिथ का घर बहुत पुराना किंतु सुंदर व खुला था। जोन का घर इतना खुला नहीं था। इसलिए जोन ने नया घर बना लिया। अब स्मिथ व उसके परिवार को अपना सुंदर घर बुरा लगने लगा। उन्हें भी अपने संतोष व जोन के बराबर पहुंचने के लिए नया घर बनवाना पड़ा।

परन्तु यह सब किस कीमत पर हुआ? जोन व स्मिथ की सारी जमीन-जायदाद बिक गई और वे आर्थिक कठिनाइयों में फंसकर आखिरकार बीमार हो गए।"

इस प्रकार की घातक प्रतियोगिता की भावना को स्वयं से हमेशा दूर रखना चाहिए।

अध्याय तेईस की स्मरण रखने योग्य बातें

- आधुनिक औद्योगीकरण के युग में मानसिक तनाव बहुत बढ़ गया है, जिसका प्रमुख कारण व्यापारिक प्रतियोगिता की भावना है।
- तनाव व प्रतियोगिता का घनिष्ठ संबंध है।
- उच्च पदाधिकारियों में प्रतियोगिता की भावना, भय व तनाव उत्पन्न करती है।
- मजदूरों में चिन्ता रोग का कारण कम आय, बेरोजगारी का डर व काम से उकताहट हो जाना है।
- प्रतियोगिता जनित तनाव से बचने का तरीका है कि जिन परिस्थितियों को हम बदल नहीं सकते उन्हें स्वीकार कर उनके अनुसार खुद को ढाल लें।
- यदि हम अपरिहार्य परिस्थितियों को स्वीकार नहीं करेंगे तो चिन्ता से उत्पन्न रोगों के शिकार हो जाएंगे।

❑❑❑

24

काम (सेक्स) तथा चिन्ता रोग

सेक्स मानवीय जीवन का एक आवश्यक अंग है। अत: इस विषय में उचित ज्ञान का होना आवश्यक है। प्रसिद्ध मनोवैज्ञानिक फ्रॉयड के अनुसार चिन्ता रोग का 90% कारण सैक्स ही है।

सैक्स की जरूरत

सैक्स की ज़रूरत हर जीव को होती है किन्तु यह खाने-पीने जितनी प्रबल ज़रूरत नहीं है। क्योंकि इसके बिना मनुष्य बहुत समय तक जीवित रह सकता है। लेकिन फिर भी काम मनुष्य के व्यक्तित्व निर्माण में अहम् भूमिका निभाता है।

सैक्स की आज़ादी

हरेक समाज में मनुष्य को खाने-पीने व पहनने की स्वतंत्रता होती है लेकिन काम की आज़ादी किसी युग में कभी नहीं मिली। यह धारणा बहुत प्रबल है कि काम की आजादी सभ्यता को जड़ से उखाड़ देगी तथा इसके आर्थिक व सामाजिक परिणाम बहुत भयंकर होंगे।

सेक्स पर पाबंदी आवश्यक है

समाज व सभ्यता के नियमों को स्थिर रखने के लिए काम पर कुछ पाबंदियां आवश्यक हैं। यह आवश्यक है कि बच्चों को काम के विषय में उचित जानकारी दें ताकि बड़े होकर वे बिना किसी तकलीफ़ के समाज द्वारा स्थापित पाबंदियों का पालन करना सीख जाएं।

प्राय: लोग इस बात पर सहमत होते हैं कि काम पर उचित पाबंदी होनी चाहिए किन्तु युवकों को सैक्स को नियंत्रित करना सिखाने के लिए कोई ठोस कदम नहीं उठाया जा रहा। इसके ठीक विपरीत काम-वासना को उकसाने के

साधन दिन प्रतिदिन बढ़ रहे हैं। अखबार, टेलीविजन व सिनेमा आदि कामाग्नि को भड़काने का काम करते हैं। नतीजतन अनेक युवक अनियंत्रित काम आवेग से या तो बीमार हो जाते हैं या अपराध कर बैठते हैं।

अनेक लोग सेक्स को एक खेल और मनबहलाव का एक साधन समझते हैं। इसे कोई उच्च व पवित्र दर्जा नहीं देते। यह बात उचित है कि कामाग्नि का निकास होना आवश्यक है। इसे दबा कर रखने से अनेक प्रकार के रोग लग जाते हैं। किन्तु इसका निकास इस तरीके से होना चाहिए कि समाज के हितों की हानि न हो।

अनेक लोगों को हस्त मैथुन की आदत होती है। वह इसे पाप समझते हैं अत: छिप-छिप कर करते हैं। लेकिन उनके हृदय में अपराध बोध रहता ही है, जो काम-संबंधी अनेक चिन्ताओं व तनाव को पैदा करता है। इसी प्रकार जो भी व्यक्ति समाज द्वारा बनाए सेक्स संबंधी नियमों को तोड़ता है,उसमें एक अपराध बोध घर कर जाता है जो उसे अशांत व दुखी कर देता है। क्योंकि आप समाज की निगाहों से तो स्वयं को बचा सकते हैं लेकिन स्वयं अपनी आत्मा से नहीं। अत: सामाजिक नियमों का पालन करने में ही मानसिक शांति प्राप्त होती है।

आचरण व घरेलू सुख

चरित्रहीन व्यक्ति की घरेलू परिस्थितियां कभी अनुकूल नहीं रहतीं बच्चों का पालन-पोषण स्वस्थ माहौल में नहीं हो पाता। इस बात का व्यक्ति के काम-काज व आर्थिक अवस्था पर भी बुरा प्रभाव पड़ता है।

आचरणहीनता मनुष्य को प्रसन्न व सुखी नहीं बनाती। सेक्स का शारीरिक सुख क्षणिक होता है लेकिन यदि वह काम अनैतिक है तो उसका अपराध बोध जीवन भर सालता रहता है। नतीजतन मनुष्य का मन अत्यंत व्याकुल व तनावग्रस्त हो जाता है। यह डॉक्टर सिंडलर द्वारा बताए गए केस से स्पष्ट हो जाएगा।

रिचर्ड एक चुस्त व दोस्ताना स्वाभाव का व्यक्ति था। वह एक अच्छा पति व पिता था। वह स्वयं को प्रगतिशील व आधुनिक विचारधारा का पक्षधर कहता था। संयोगवश उसका एक महिला से विवाहेतर संबंध हो गया। दोनों एक होटल में छद्म नाम से जाने लगे। रिचर्ड का मानना था कि यदि उसका यह संबंध किसी को कष्ट नहीं देता तो इसमें हर्ज ही क्या है। एक रात होटल मैनेजर को रिचर्ड व उसकी प्रेमिका पर शक हो गया। उसने पुलिस को सूचना दे दी। लेकिन पुलिस के आने से पहले ही वे दोनों वहां से भाग निकले। होटल के मैनेजर के पास उसका पता तो था ही। उसने अदालत में रिचर्ड के विरुद्ध मुकदमा दायर कर दिया।

अब रिचर्ड एक बेहद दुखी व्यक्ति था। वह स्वयं को बदनामी से बचाना चाहता था और अपने विवाह को टूटने से। लेकिन वह कर कुछ नहीं सकता था। अंततः उसने आत्महत्या कर ली। उसका वह संबंध स्वयं उसके ही विनाश का कारण बन गया।

काम परिपक्वता

काम का इस प्रकार उपभोग हो कि वह हमारे व्यक्तिगत व सामाजिक जीवन को सुखद व आनंदमय बनाए। इसके लिए निम्नलिखित तरीका अपनाना उचित होगा:

1. समाज की ओर से काम कर्म पर लगाई गई पाबंदियों का सम्मान तथा पालन करना।

2. सेक्स का संयमित प्रयोग। इससे हम भयानक शारीरिक रोगों से भी बचे रहते हैं।

काम-पिपासा पर नियंत्रण रखना अत्यंत आवश्यक है। विवाहोपरांत भी सेक्स संयम में हो तभी स्वस्थ व सृजनात्मक होता है।

पति-पत्नी के बीच आरंभ में तो शारीरिक आकर्षण रहता है किन्तु इस आकर्षण को प्रेम में परिणत करके स्थिर रखने के लिए परस्पर सहानुभूति व मेल-मिलाप होना आवश्यक है। यह प्रयास करना भी आवश्यक है कि एक दूसरे की कीमत पर प्रसन्नता हासिल न करें बल्कि दोनों एक दूसरे को अधिक से अधिक आनंद पहुंचाने का प्रयत्न करें।

यह बात ध्यान देने योग्य है कि पुरुष व स्त्री की काम-इच्छा अलग-अलग होती है। अतः पति व पत्नी को परस्पर एक दूसरे की काम-इच्छा व गहनता को पहचानना चाहिए। यह एक सुंदर अनुभव है, जिसमें आप दूसरे को सुख देकर सुखी होते हैं। प्रेम व सेक्स का परम सुख यही है कि हम दूसरे की आंखों में अपनी छवि को देखते हैं और उसकी प्रशंसा करते हैं। अतः एक दूसरे के लिए आदर होना भी आवश्यक है।

अध्याय चौबीस की स्मरण रखने योग्य बातें

- अपने मन को काम के विषय में सामाजिक पाबंदियों में बांधना चारित्रिक, सामाजिक, आर्थिक एवं स्वास्थ्य के लिए आवश्यक है।
- काम-इच्छा को सृजनात्मक कार्यों में परिणत करें।
- विवाह पश्चात् प्रेम व आकर्षण जीवित रखने के लिए पति-पत्नी को परस्पर सहानुभूति, आदर व मेल-मिलाप रखना चाहिए।

25

वृद्धावस्था और चिन्ताएं

वृद्धावस्था दरअसल मनुष्य के जीवन का सुनहरा समय होना चाहिए। इस समय उसे सुख, आराम तथा शांति मिलनी चाहिए। परन्तु त्रासदी तो यह है कि वृद्धावस्था अधिकतर जीवन का सबसे दुखी, अंधकारमय तथा कष्टपूर्ण दौर होता है।

पिछली सदी की अपेक्षा इस शताब्दी में वृद्ध लोगों में चिन्ता रोग बढ़ गए हैं। पिछली सदी में वृद्ध लोग निमोनिया, दमा व हृदय रोग से मरते थे। आजकल इन रोगों पर काबू पा लिया गया है फिर भी वृद्ध लोगों की औसत आयु में कोई विशेष फर्क नहीं आया है। बल्कि शीघ्र बूढ़े हो जाने के भय व चिन्ता से युवावस्था में ही बाल सफेद हो जाना, चेहरे पर झुर्रियां आ जाना आदि आम बात हो गई है।

प्राय: लोग ये समझते हैं कि बुढ़ापा ही बुढ़ापे का रोग है किन्तु दरअसल ऐसा है नहीं। वृद्धावस्था में रोग लगने के पीछे चिन्ता का पर्याप्त हाथ होता है। इसे एक घटना से समझा जा सकता है।

ब्रॉडवे में जॉर्ज एक बहुत बड़े थिएटर का मैनेजर था। उसका एक ही पुत्र था। जब जॉर्ज 48 वर्ष का था तो उसकी पत्नी की मृत्यु हो गई और जब वह 60 वर्ष का हुआ तो उसकी थिएटर की गतिविधियां मंद पड़ गई। कुछ दिनों बाद उसके इकलौते लड़के ने विवाह किया और सेनफ्रांसिस्को जाकर बस गया। जॉर्ज ने इधर-उधर नौकरी की बहुत कोशिश की लेकिन असफल रहा। उसकी आयु 72 वर्ष हो चुकी थी और वह पाई-पाई के लिए मोहताज था। उसके लड़के ने उसे सेनफ्रांसिस्को बुला लिया। वहां जॉर्ज की बहुत सेवा व देखभाल की गई। लेकिन उसकी हालत दिन-ब-दिन खराब होती गई और आखिरकार उसे पार्किसन्स रोग हो गया। उसे लगातार यह

एहसास होता कि दुनिया को अब उसकी ज़रूरत नहीं है और वह अपने बेटे पर बोझ हो गया है।

इसी दौरान उसकी मुलाकात डाक्टर बोमैन से हुई। उन्होंने उसे बताया कि कुछ लोग मिल कर एक नया थिएटर शुरू कर रहे हैं और उसमें जॉर्ज को मैनेजर बनाना चाहते हैं। यह सुनते ही जॉर्ज खुशी से भर गया और उसने फैसला किया कि चाहे उसे एम्बुलेंस में ही थिएटर क्यों न जाना पड़े वह यह काम अवश्य करेगा।

वह काम पर जाने लगा और पंद्रह दिनों में ही वह चलने-फिरने लायक हो गया। इस घटना से सिद्ध होता है कि बुढ़ापा स्वयं में एक रोग नहीं बल्कि तनाव व चिन्ता इस अवस्था को रोग ग्रस्त बना देती है।

बुढ़ापे में चिन्ताग्रस्त होने का कारण

आर्थिक अवस्था कमजोर हो जाने का भय: बुढ़ापे में मनुष्य युवावस्था जितना काम नहीं कर पाता। अत: आय कम हो जाती है और आर्थिक अवस्था कमजोर हो जाती है।

बेरोज़गारी का भय: वृद्ध व्यक्ति अधिक काम नहीं कर पाता अत: उसे प्राय: काम पर कोई नहीं रखना चाहता। नतीजतन उसे बेकार हो जाने की चिन्ता रहती है।

स्वास्थ्य की चिन्ता: वृद्धावस्था में रोग का सामना करने की शक्ति भी कम हो जाती है। अत: व्यक्ति को इस बात की चिन्ता रहती है कि यदि वह बीमार हो गया तो कोई उसकी सेवा करेगा या नहीं।

बच्चों द्वारा लापरवाही व उपेक्षा: बच्चे बड़े हो जाते हैं तो उनका भी परिवार हो जाता है और वे माता-पिता की उपेक्षा करने लगते हैं। यह बुढ़ापे का बहुत बड़ा दुख होता है। परिवार तथा अन्य लोगों पर युवावस्था में उनका जो स्वामित्व चलता है, वह वृद्धावस्था आते-आते कम हो जाता है। अब व्यक्ति दूसरों पर निर्भर हो जाता है। यह निर्भरता भी चिन्ता का कारण बन जाती है।

आत्म-सम्मान का आहत होना: बच्चे जब बड़े हो जाते हैं तो वे वृद्ध लोगों की राय व सुझावों का उतना सम्मान नहीं करते जिनसे वृद्ध लोगों को ठेस पहुंचती है।

मित्रों की मृत्यु हो जाना: जब वृद्ध व्यक्ति का कोई पुराना मित्र मृत्यु को प्राप्त होता है तो उसे दुख होता है और अकेलेपन का भय भी।

मृत्यु का भय: वृद्ध व्यक्ति जानता है कि देर-सबेर मृत्यु उसे अपना ग्रास बना ही लेगी। लेकिन मृत्यु को निकट जान कर भी उसे यह नहीं मालूम होता है कि मृत्यु का एहसास क्या है। अत: वह भयभीत व बेचैन हो जाता है। ये भय व चिन्ताएं वृद्ध व्यक्ति को और भी दुर्बल व रुग्ण बना देती हैं।

इन सभी भयों व चिन्ताओं का मूल है,वृद्धों का अशांतिपूर्ण वातावरण में रहना। आधुनिक समय की भाग-दौड़ में हम वृद्धों को उपेक्षा करते जा रहे हैं। परिवार में, व्यापार में तथा प्राय: समाज में सफेद बालों का सम्मान तथा अनुभव का आदर खत्म होता जा रहा है। जो एक स्वस्थ समाज के लिए उचित नहीं है। यदि हम वृद्धों को एक स्वस्थ व अनुकूल वातावरण दे सकें तो वे बहुत हद तक चिन्ता रोगों से बच सकते हैं।

वृद्धावस्था के लिए क्या करना चाहिए

पचास वर्ष की आयु पर पहुंचने के बाद मनुष्य को यह नहीं समझना चाहिए कि उसकी सफलता एवं उपलब्धियों का समय समाप्त हो गया है। यह अवस्था तो मानसिक परिपक्वता की अवस्था होती है। इस समय मनुष्य के पास अनुभव होता है, धैर्य होता है व विवेक भी। अत: वह किसी भी उद्देश्य को पा सकता है।

युवावस्था में ही वृद्धावस्था के बारे में सोच लेना व वृद्धावस्था के लिए योजना बना लेना उचित है, ताकि हम इस अवस्था का भरपूर सुख ले सकें।

वृद्धावस्था को सुखमय बनाने के उपाय

वृद्धावस्था को सुखी, प्रसन्न व शांतिपूर्ण बनाने के निम्नलिखित उपाय हैं:

मन को शांत रखें: वृद्धावस्था के 75% रोगों का कारण मन की अशांति है और यह बाहरी वातावरण की अपेक्षा मनुष्य के भीतरी स्वभाव पर अधिक निर्भर करती है। शांत रहने की आदत बचपन से ही डालनी चाहिए ताकि बड़े होकर हमारा स्वभाव शांत बन सके। एक व्यक्ति जो प्रत्येक से मधुर बोलेगा, दुख-दर्द बांटेगा, जाहिर है कि वह युवावस्था में भी ऐसा ही रहा होगा। दूसरी ओर जिस वृद्ध व्यक्ति के मुंह से आग ही बरसती होगी, वह जीवन भर

झगड़ालू व उग्र रहा होगा। हम जैसा व्यवहार करते हैं, हमारा जीवन भी वैसा ही बन जाता है। अतः मन को शांत रखने की आदत डालें।

परिवार से अच्छे संबंध रखें: सुखद बुढ़ापे के लिए मनुष्य को अपने परिवार, मित्रों व पड़ोसियों से सौहार्दपूर्ण संबंध रखने चाहिए ताकि वृद्धावस्था में ये सभी उसके प्रति मधुर रहें।

अपनी सत्ता को धीरे-धीरे छोड़ें: जीवन सदा एक सा नहीं रहता। बदलते वातावरण व परिस्थितियों के अनुसार हमें भी बदलना चाहिए। बुढ़ापे में जितनी ज़िम्मेदारियां कम हों, स्वास्थ्य के लिए उतना ही अच्छा रहता है। यदि परिवार की सत्ता आपके हाथ में है तो ज़िम्मेदारियां भी आपके कंधों पर होंगी। अतः धीरे-धीरे परिवार पर अपना स्वामित्व घटाना चाहिए व युवावस्था को प्राप्त बच्चों को स्वयं निर्णय लेने की स्वतंत्रता देनी चाहिए। इससे बच्चे भी खुश रहेंगे और आप भी पारिवारिक कलह व उत्तरदायित्वों से हट कर सुख से रह सकेंगे।

वृद्धावस्था के लिए कुछ धन बचाएं: अपनी वर्तमान आय में से कुछ पैसे अवश्य वृद्धावस्था के लिए बचाते रहना चाहिए। पैसे बचाना भी एक आदत होती है जिसे धीरे-धीरे विकसित करना चाहिए, ताकि समय आने पर आपको किसी का मोहताज न होना पड़े।

अपना घर बनाएं: बुढ़ापे में रहने के लिए यदि अपना मकान हो तो श्रेष्ठ रहता है। तब मनुष्य तसल्ली से एक स्थान पर रह सकता है और उसे बार-बार किराए के मकानों को बदलने के तनाव से मुक्ति मिल जाती है।

कोई हॉबी अवश्य रखें: वैसे तो जीवन की किसी भी अवस्था में हॉबी का होना आवश्यक है लेकिन वृद्धावस्था में इसका महत्व और भी बढ़ जाता है। पेंशन प्राप्त वृद्ध यदि अपना खाली समय किसी पसंदीदा काम को करने में लगाएं तो उन्हें सृजनात्मक संतोष मिलता है और वे व्यस्त भी रहते हैं।

बच्चों की ओर से लापरवाही: जिस प्रकार की सेवा आप वृद्धावस्था में अपने बच्चों से करवाना चाहते हैं, उसी प्रकार की सेवा आपको अपने मां बाप की भी करनी चाहिए। यदि आपने ऐसा नहीं किया तो यह उम्मीद आप अपने बच्चों से भी कैसे कर सकते हैं। यदि माता-पिता जीवित नहीं हैं तो घर में ज़रूरतमंदों की सेवा का वातावरण बनाएं।

बुढ़ापे को प्रसन्नतापूर्वक स्वीकार करें: जो कुछ आपको भाग्य के अनुसार मिलता है उसे प्रसन्नतापूर्वक स्वीकार करें। परिस्थितियों के अनुसार स्वयं को ढाल लें। सुखद बुढ़ापे का यही रहस्य है।

अपने बच्चों के निजी मामलात में हस्तक्षेप न करें: कई लोगों का विचार होता है कि माता-पिता का यह मौलिक अधिकार है कि परिवार की सत्ता उनके हाथ में रहे और वे अपने बच्चों को किसी भी बात में टोक सकें। लेकिन यह अनुचित है। बच्चे जब वयस्क हो जाते हैं तो उन्हें जीवन के निर्णय लेने की आजादी देनी चाहिए। अनुचित हस्तक्षेप न करें और अपनी राय तब तक न दें जब तक आपसे मांगी न जाए। इससे आपका व बच्चे दोनों का सम्मान परस्पर बरकरार रहेगा।

बच्चों से उम्मीद रखना तनाव को बुलावा देना है: बच्चों से आवश्यकता से अधिक उम्मीद न रखें क्योंकि बच्चे जब बड़े होते हैं, तो उनका अपना परिवार होता है, अपनी ज़िम्मेदारियां होती हैं। इन सबके बीच व आपके प्रति उत्तरदायित्व जितना निभा दें, वही ठीक है। हमारी आशाएं हमें ही आहत करती हैं।

यदि कोई पुराना मित्र चल बसे तो हताश व निराश न हों। मृत्यु तो जीवन का अभिन्न अंग है और जब तक जीवन है, उदास या दुखी होकर उसे व्यर्थ न करें। नए मित्र बनाएं व अकेले रह कर दुखी न हों।

अध्याय पच्चीस की स्मरण रखने योग्य बातें

वृद्धावस्था जीवन का सुनहरा समय होने की अपेक्षा दुखों की खान बन जाता है। इसके सामान्य कारण हैं

- आर्थिक अवस्था कमज़ोर हो जाने का भय
- बेरोज़गारी का भय
- स्वास्थ्य खराब हो जाने का भय
- बच्चों की ओर से लापरवाही
- परिवार की सत्ता से वंचित हो जाना
- आत्म-सम्मान का आहत होना
- मित्रों का चल बसना
- मृत्यु का भय

बुढ़ापे में सुख व चैन से रहने के निम्नलिखित उपाय हैं:

- मन को शांत रखें
- परिवार से अच्छे संबंध रखें
- अपनी सत्ता व स्वामित्व को धीरे-धीरे छोड़ें
- वृद्धावस्था के लिए कुछ धन संचित करें
- अपना घर बनाएं
- यदि आप चाहते हैं कि बुढ़ापे में बच्चे आपकी सेवा करें तो आप भी अपने बूढ़े माता-पिता की सेवा करें
- वृद्धावस्था को प्रसन्नतापूर्वक स्वीकार करें
- अपने बच्चों के निजी मामलात में दखल न दें
- बच्चों की ओर से अत्यधिक देख-रेख व परवाह की आशा न रखें
- पुराना मित्र चल बसे तो नए मित्र बनाएं
- मनोरंजन के लिए कोई शौक रखें
- मृत्यु से कभी न डरें
- सदैव याद रखें कि वृद्धावस्था शरीर की नहीं, मन की अवस्था अधिक है। अधिक आयु में भी व्यक्ति युवा रह सकता है बशर्ते उसका हृदय युवा हो। अतः सदा उत्साहपूर्ण व आशावादी विचारधारा रखें।

❑❑❑

26

प्रसन्न व सुखद जीवन के दस सिद्धांत

- सदा हंसते रहो। हंसमुख होना दुनिया की सबसे बड़ी संपत्ति है।
- सादा जीवन रखें। जीवन इस प्रकार का होना चाहिए कि आपकी खुशी भौतिक वस्तुओं व अन्य लोगों पर निर्भर न हो बल्कि आपके भीतर ही निहित हो।
- सदैव मधुर बोलें तथा वर्तमान को आनंदमय बनाएं।
- सभी से प्यार करें, घृणा नहीं।
- व्यर्थ या छोटी-छोटी बातों पर झगड़ा न करें।
- मन को शांत व संतुष्ट रखें।
- अपने आसपास शांतिपूर्ण वातावरण बनाने का प्रयास करें।
- भय, घृणा, ईर्ष्या व क्रोध मनुष्य के सबसे बड़े शत्रु हैं, इन्हें त्यागें।
- अपना काम परिश्रम व ईमानदारी से करें।
- नुक्ताचीनी व परनिंदा से बचें। दूसरों की खुले दिल से प्रशंसा करें।

❑❑❑

आत्म-विकास पर श्रेष्ठ पुस्तकें

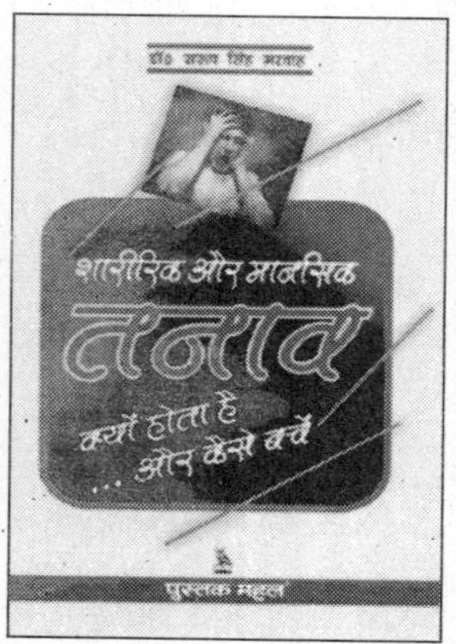

डाकखर्च: 25/- रुपए पुस्तक अतिरिक्त

आत्म-विकास पर श्रेष्ठ पुस्तकें

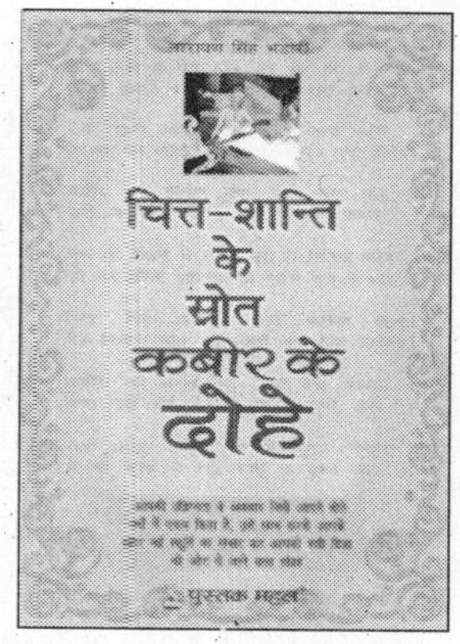

डाकखर्च: 25/- रुपए पुस्तक अतिरिक्त